D E A R + N O V E L

普通ぐらいに愛してる

久我有加
Arika KUGA

新書館ディアプラス文庫

S H I N S H O K A N

普通ぐらいに愛してる

目次

イラストレーション／橋本あおい

普通ぐらいに愛してる

人生、何が起きるかわからない。

良い意味でも、悪い意味でも。

南広記《みなみひろき》が、そんなありきたりといえばありきたりな言葉を身に染《し》みて実感するようになったのは、二年前。大学を卒業してからだ。良い意味でならどんなハプニングでも歓迎だが、悪い意味でばかり実感しているのだから、やるせない。

今もまた例外なく、悪い意味でのハプニングに遭遇《そうぐう》している。

広記の正面には男が腰かけていた。スラリと伸びた長身は、いかにも休日らしく、セーターにジーンズという軽装《けいそう》に包まれている。鋭角的《えいかくてき》な輪郭《りんかく》に収まっているのは、すっきりとした一重《ひとえ》の双眸《そうぼう》と隆《たか》い鼻筋、そして薄めの唇だ。かけている眼鏡は、端整《たんせい》な容貌《ようぼう》の鋭《するど》さを和《やわ》らげるようなセルフレームである。

目が悪くなるなんて、こいつの場合、人に、ていうか俺に嫌がらせした罰《ばち》が当たったんだな。高校のときはかけていなかった眼鏡を見てそんなことを思っていると、男が顔を上げた。視線が合う。

次の瞬間、彼は顔中を笑みにした。ニッコリ！　という音が聞こえてきそうな勢いだ。

反対に、広記の眉間《みけん》には無意識のうちに皺《しわ》が刻《きざ》まれた。ムッ！　という音が聞こえてきそうな勢いである。

しかし男は怯《ひる》まない。笑みを浮かべ続ける。顔中で笑っても、整った容貌が崩れないのが厭《いや》味《み》だ。

十代の頃に比べてかなり精悍《せいかん》になった男は、カフェに入ったときから女性客の注目を集めている。年が明けて約一週間。芯《しん》まで冷えた風が吹いている外とは反対に、店内は暖かい。その暖かな空気が、彼女らの熱い視線のせいで、更に温度を上げたように感じられる。こうしたところは高校時代のままだ。

むかつく。何で俺がこんな目に遭《あ》わなくちゃならないんだ。

そもそも、社会に出る前から既に最悪の状態だった。空前《くうぜん》の売り手市場が一転、海の向こうで起こった金融《きんゆう》危機のせいで大不況に陥《おちい》った。内定の取り消しが相次《あいつ》ぐ中、広記は幸い、無事入社することができたが、半年後に会社は倒産した。それなりに名の通った企業だったので、まさか潰《つぶ》れることはないだろうと思っていた分、ショックは大きかった。しかし落ち込んでいてもどうにもならない。必死の思いで二度目の就職活動を始めた。若かったことが幸いしたのか、ほどなくして再就職できた。が、その会社も四ヵ月後に倒産してしまった。ちょうど同じ頃、大学時代から付き合っていた恋人に別れを告げられた。スキルアップを目的に入った英会話学校の倒産で、前払いしていた授業料十数万円が泡と消えた。

度重《たびかさ》なる不運に、当時は腹を立てた。生来《せいらい》前向きな性格だが、さすがに不安にもなった。誰にも言っていないが、一人布団の中で泣いた夜もある。

しかし再々就職して約一年。怒りや不安は随分《ずいぶん》と鎮《しず》まってきていた。今正社員として働いている会社はギリギリの人員しかいないため多忙だが、週に一度は休日があるし、給料も相応に出ている。何より、理不尽《りふじん》な扱《あつか》いを受けていないことが大きい。

だからこそ、油断していたともいえる。社会人になってから散々《さんざん》味わった嫌な思いを、もう味わうことはないだろう、と。

けどこんなのは、いくら何でもありえない。

「そういう顔したらあかんで南ー。今仕事中〜。俺お客〜」

久しぶりに聞く間延びした関西弁に、一瞬、こめかみに浮きかけた血管を、広記は気合で引っ込めた。

気に障《さわ》って仕方がないが、彼の言う通りだ。目の前の男は、広記が勤めるイベント会社に、中学の同窓会の幹事代行を頼んできた客なのである。対する広記は、彼の担当として打ち合わせにやってきた一社員だ。

無理やり笑みを作り、テーブルの上のパンフレットを手で示す。

「会場プランは以上の四種類です。一クラスだけの集まりでしたら、レストランか居酒屋のプランをお勧《すす》めします。価格もお手頃ですし、少人数のアットホームな集まりにはぴったりだと思いますが、いかがでしょう」

この一年ですっかり板についた営業用の口調で言うと、うーんと男はうなった。

「そしたら居酒屋かなあ。あんまりかたっ苦しいんは嫌やし。あー、でも迷うなあ」

「実際に会場をご覧になってから決められてもけっこうですよ。もしご都合がよろしければ、明日の日曜にでもご案内いたします」

「あー、悪い。明日は用事があるからあかんねん」

「でしたらご都合の良い日時を指定してくだされば、その日にご案内いたします」

支《つか》えることなく受け答えできた己《おのれ》に満足を覚えていると、男はふいに首を傾《かし》げた。

「その場合、担当の南が案内してくれるんやんな?」

こめかみの辺りが、ぴくりと動く。

ただの客が呼び捨てにすんな!

と思ったが、口には出さなかった。この男のペースに巻き込まれてはならない。まともに相手をして苛々《いらいら》していた過去の経験を、無駄にしてなるものか。

「はい、私が案内させていただきます」

営業用の笑顔で頷くと、男もニッコリ笑った。

「そっかー、そら嬉しいなあ。なあなあ、次は普段着で来てな。スーツは今回見れたから、今度は普通のカッコが見たい」

しゃあしゃあと言う男に、先ほど苦労して引っ込めた血管がこめかみに浮く。

「あ、けどやっぱりスーツのがええかなあ。高校んときは学ランやったから、ブレザー着てるとこ見たことなかったし新鮮や。南スーツもよう似合うでー」

顔に貼り付けていた営業用スマイルに、ヒビが入るのがわかった。

「けどスーツやったら、その後デートすんのに不便やなあ。あ、その場合は俺もスーツ着てきたらええか。南、次は普段着とスーツ、どっち着てくる？　俺おまえに合わせるから」

おまえそれ、謙虚《けんきょ》なつもりか。俺に気を遣ってるつもりなのか？

だいたいデートって何だ。気持ち悪いこと言ってんじゃねぇよ。おまえの脳みそは十代のガキのまんまか。ああ？

胸倉《むなぐら》をつかんで思い切り揺さぶってやりたい衝動をどうにか堪《こら》えていると、男はため息を落とした。もー、しょうがないなあ、わがままなんだからー、とでも言いたげなため息は、高校時代そのままだ。

「どっちかはっきり言うてくれんと、俺がどういうカッコしたらええかわからんやろ〜。なあ、どっち？」

「……どっちでもいい」

営業用とは程遠い、低い声が出た。

あまりに低すぎて聞こえなかったらしく、男はこちらに身を乗り出してくる。

「え、何て？　どっち〜？」

間延びした問いかけに、とうとう堪忍袋《かんにんぶくろ》の緒《お》が切れた。

「どっちでもいいっつってんだろうが！」

立ち上がって怒鳴《どな》った途端、しん、と周りが静かになった。

ふと見渡せば、カフェ中の客の視線がこちらを向いている。ウェイトレスが眉をひそめているのがわかった。

どっと背中に冷や汗が滲《にじ》む。

人前で何やってんだ俺は。

慌てて謝ろうとするのを遮《さえぎ》るように、ごめんなさいねー、と周囲に笑顔を振りまいたのは、今のこの状況を作り出した元凶《げんきょう》である、目の前の男だった。

「何でもないんですー。すぐカッとなってまうけど悪いコやないんですよー。ほら南、座って落ち着いて。な」

戻ってきていた冷静さが一瞬で吹き飛び、広記はまた吠《ほ》えた。

「悪いのはおまえだ、北條《ほうじょう》！」

自分は決して口が悪い方ではない。ましてや喧嘩《けんか》っ早《ぱや》くもないと広記は思っている。事実、小学校や中学校、そして大学では、竹を割ったような性格と評されることはあっても、乱暴だと言われたことなど一度もなかった。

そんな広記が乱暴者扱いされていた唯一の時期。それが高校生の頃だ。正確には二年と三年の二年間、同じクラスだった北條礼一《ほうじょうれいいち》に、やたらとかまわれていた時期である。

南広記ってカッコエエ名前やなー。芸能人みたいー。

端整な容貌の男から飛び出した、間延びした口調に驚いた。一年のとき、他のクラスに関西弁を話す男がいることは噂で聞いていたが、実際に耳にしたのはそのときが初めてだったのだ。テレビで関西出身のタレントや芸人が話している言葉とは異なるゆっくりとしたテンポに、こんな関西弁もあるんだ、と新鮮に感じた。

しかし単純に驚いたり、感心していられたのは、十分ほどの間だけである。

南、名前カッコエエけど見た目かわいいなあ。かわいいっていうより、きれいか。

まじまじと広記を見下ろし、北條は言った。どういうリアクションをすればいいかわからなくて、固まってしまったことを覚えている。

好きやなあ。付き合いたい。

呆気《あっけ》にとられる周囲を少しも気にすることなく、堂々と言ってのけた北條に、広記は早々《そうそう》に切れた。

気持ち悪いこと言うな！

ええー、気持ち悪いことないよー。ほんまにきれいやしー。

のんびりとした口調で、しかし胸を張って言い放たれ、きれいって言うな！　と広記はまた切れた。当時、己の白い肌や、長い睫《まつげ》を従《したが》えた二重《ふたえ》の双眸に代表される中性的な面立《おもだ》ち、そしてテニス部に入って鍛《きた》えているにもかかわらず、一向《いっこう》に逞《たくま》しくならない細身の体にコンプレックスを抱《いだ》いていたから、余計《よけい》に腹が立ったのだ。

しかし北條はめげなかった。それ以降の二年間、彼は広記にかわいいきれい好きだと言い続け、付きまとった。一方の広記は、何を言ってもへこたれない北條に、毎日苛々を募《つの》らせることになってしまった。

広記の苛々の原因は、北條本人だけでなく周囲の反応にもある。ヘンタイ扱いされてしかるべき北條なのに、なぜかおもしろい男、もしくは何事にも動じない器《うつわ》の大きな男として、男女問わず人気があったのだ。男である広記にやたらくっついていても、彼を嫌ったり、疎外《そがい》したりする者はいなかった。

冗談と本気の区別がつかない、のらりくらりとした関西弁のせいか。それとも、妙に要領の良い性格のせいか。あるいは端整な容姿のせいか。はたまた、彼が文武両道《ぶんぶりょうどう》だったせいか。

——恐らく全てが理由だったのだろう。

もっとも、漫才師でもないのに『鶴屋南北《つるやなんぼく》』という古典の時間に習った歌舞伎《かぶき》の作者の名前をコンビ名として与えられ、一括《ひとくく》りにされていたから、単におもしろがられていただけなのかもしれない。

ともあれ、広記の高校生活の半分以上は、北條礼一に振りまわされどおしだったのだ。

「それで？」

腰かけた男にニコリともせず見上げられ、広記は言葉につまった。こういう反応をされることは予測していたが、座っていてもわかる、がっちりとした体格から発せられる圧力に怯んでしまう。

「や、だから……、できれば担当を代えてもらいたいんです」

「ダメ」

もらいたいんです、の、です、にかぶせて応じたのは、社長の大迫《おおさこ》守《まもる》だ。

「そんなことでいちいち時間とらせんじゃない。わかったら仕事に戻る」

しっしっと手で追い払われ、はい、と広記は渋々返事をした。どんな状況でも、とにかく返事はしないと怒られるのだ。既に手元の書類へ視線を移してしまった社長を背に、とぼとぼと自分のデスクに戻る。

従業員十五人の小さな会社に、社長室などという大層《たいそう》なものはない。ビルの一室に全員のデスクが並べられているだけだ。

「残念」

隣のデスクの根本《ねもと》が、柔和な面立ちに笑みを浮かべて見上げてくる。担当を代わってもらえませんかと頼んだ広記に、社長がいいって言ったらいいよ、と応じたのは根本だ。今の仕事を一から広記に教えてくれたのも、社長の大学時代の後輩だという彼である。前にいた会社でリストラに遭い、この会社に再就職したと聞いている。

「根本さん、最初からだめだってわかってましたね」

小声で言うと、根本は首をすくめた。

「社長とは長い付き合いだからね。あ、でも付き合いで言ったら南君のが長いか」

根本が言う通り、社長との付き合いは長い。なにしろ彼は母の姉の息子、つまり従兄弟《いとこ》なのだ。物心ついたとき、既に高校生だった守には、盆《ぼん》や正月によく遊んでもらった。野球で鍛えた逞しい体といい、豪快《ごうかい》で頼りがいのある性格といい、まさに理想の兄貴で、二つ下の弟と二人、幼心に憧《あこが》れた。

一年と少し前、失業と失恋と大損《おおぞん》に打ちひしがれつつ、どうにか三度目の就職活動を始めた広記に声をかけてきたのは、その『守君』だった。

いい感じに揉《も》まれたみたいだし、厳しいけどうちに来てみるか？

守はバブル崩壊後の、いわゆる就職氷河期世代である。新卒としての就職に失敗した彼は、持ち前のバイタリティと、学生時代に築《きず》き上《あ》げた人脈を活《い》かし、小さいながらもイベント会社を興《おこ》していたのだ。企業や役所等のイベントの企画運営を請《う》け負《お》うだけでなく、イベントを発案して売り込んだりもしている。二年ほど前からは同窓会や謝恩会《しゃおんかい》、結婚式の二次会等の幹事代行業も始め、ちょうど人手がほしかったそうだ。不景気が続いているにもかかわらず、会社全体の業績は、緩《ゆる》やかながら右肩上がりらしい。

守本人が言ったように、仕事は厳しい。従兄弟だからといって甘えは許されないし、贔屓《ひいき》も一切《いっさい》ない。口に出したことはないが、そんな『守君』を、広記は今も素直にカッコイイと思っている。

「今まで無理ですとかできませんとか言ったことがない南君が、担当代わってほしいって、ほんとに苦手だったんだね、その北條さん」

根本の視線は、デスクに置かれた北條の名刺に注《そそ》がれている。

北條は大手の食品メーカーに勤めていた。恐らく彼は、内定の取り消しも倒産も経験していないだろう。不安でたまらなくて、自然と泣けてくるような状況に陥ったことなどないに違いない。

だから高校のときのまんまで何も変わってないんだ、あの野郎は。

昨日、カフェを出た後、北條は当然の如く飲みに行こうと誘ってきた。これまた当然の如くつかまれた腕を、可能な限り丁寧に引《ひ》き剥《は》がし、社に戻らなくてはいけませんので失礼します、と営業スマイルで拒絶した自分を褒《ほ》めてやりたい。高校のときなら、怒鳴りちらしていたところだ。

「北條は大阪の大学へ進学したから、もう会うことはないと思ってたんですけどね」

ため息まじりにつぶやいて腰を下ろすと、確かに、と根本は頷いた。

「向こうの大学出てそのまま就職したら、そうそう会うことないよね。てことは北條さん、東京で就職したの？」

「就職は大阪だったらしいんですけど、去年の九月に東京へ配属になったんだそうです」

「ああ、そういえばその会社、本社は大阪にあったっけ」

南に会いたい思《おも》て配属先の希望欄《きぼうらん》に東京て書いといたら、ほんまに東京になってん。いやー、ラッキーやった。

そう言って、北條はニッコリ笑った。

こっちは全然ラッキーじゃない。

広記が心の内でぼやいたことは言うまでもない。

「それにしても、幹事代行業やってるのはうちだけじゃないのに、凄《すご》い偶然だね。南君と彼、よっぽど縁があるのかな」

名簿の入力に戻りつつ、根本が言う。

広記は頬がひきつるのを感じた。

「冗談でもそういうこと言わないでください」

ごめんごめん、と笑う根本に、再びため息を落とす。笑いごとではない。同窓会が行われる予定のゴールデンウィークまでの約四ヵ月、北條と連絡をとり続けなければならないのだ。

出欠の確認から同窓会サイトの開設と管理、会場の選定と手配、更には二次会の手配、当日の会の運営まで、本来幹事がしなくてはならない煩雑《はんざつ》な仕事を代わって行うのが幹事代行業である。しかしもちろん、勝手に事を進めていいわけではない。当然といえば当然だが、依頼者であり、かつ幹事でもある北條の確認をとらなければならない。来週の金曜には早速、北條の強い希望で、一緒に会場候補の店をまわる予定だ。

――とにかく、仕事は請けたんだ。

請けたからには、責任をもって最後までこなさなくてはならない。

とりあえず、高校んときの二の舞にならないようにしないとな。

一人決意して会場候補のファイルを取り出す。北條は変わっていなくても、自分は変わったのだ。いろいろな難事にぶつかり、大人になった。高校の頃のように、まともに相手にしなければ済む話だ。

ファイルをめくっていると、デスクの上の電話が鳴った。事務方の女性社員が素早くとり、呼び出し音は五秒もせず途切れる。

去年の暮れ、北條がかけてきた電話をとったのは広記だ。

同窓会の幹事代行をお願いしたいんですが。

関西訛《なま》りの間延びした口調に、すぐ北條だとわかった。わかってしまった。

大学の友人の中にも関西出身者が何人かいたし、卒業してすぐ就職した会社で行われた新人研修でも、関西の支社で採用された者たちは、堂々と地元の言葉を口にした。今の会社に入ってからも、関西弁の依頼者に遭遇した。関西弁を話す知り合いは、もはや北條一人ではない。

それでも北條だとわかったのは、彼に構われたことが嫌な思い出として心に残っていたからだ。


あいつ、最後の最後までふざけてたよな……。

ありがとう、南。

卒業式の後、北條はそう言ったのだ。


何でごめんじゃなくてありがとうなんだ。俺はおまえに礼を言われるようなことはしてない。

思い切り眉を寄せると、北條はニッコリ笑った。

してくれたよ。ありがとう、南。

重ねて礼を言った北條に、広記は眉間の皺を深くした。卒業する日まで、北條の『好きや』というふざけた言葉に応《こた》えたことは一度もなかった。北條が元凶とはいえ、彼に優しくしたこともなく、怒鳴ってばかりだった。

それなのに何で礼を言われるんだ。

最後の最後まで、この男はズレている。

おまえの場合、俺に迷惑かけたことを謝るのが先だろ。礼言うより謝れ。

不機嫌を隠さずに命令すると、北條はまたニッコリ笑った。そして、すっかり聞きなれた間延びした関西弁で言った。

それは嫌〜。


思い出しただけで腹立ってきた……。

待ち合わせの時刻には間があることを幸いに、広記《ひろき》は顔をしかめた。ここ数年、めまぐるしく変わる環境に対応するのに精一杯で、すっかり忘れていた怒りがふつふつと湧《わ》いてくるのを感じる。

帰宅途中の人々でごった返す夕刻の駅前では、どんな顔をしていても誰も不審に思わない。身を切るような寒さも手伝って、皆足早に通りすぎてゆくだけだ。

嫌って何だよ。謝れ！

嫌〜。

——それが、北條《ほうじょう》と最後にかわした会話である。改めて思い出すと間抜けだ。

高校の三年間で口をきいた回数が最も多かったのは、恐らく北條だ。しかし、まともな話は一度もしなかった。

大阪の大学へ進学することも、北條本人から聞いたわけではない。高校を卒業した後、クラスメイトを通じて知った。そう、あの男は好きだの何だのと、いらないことは過剰《かじょう》に並べ立てるくせに、肝心《かんじん》なことは何ひとつ話さなかったのだ。

「南《みなみ》～」

間延びした口調で呼ばれ、広記は思わずキッと鋭《するど》い眼差しを向けた。

人ごみの中から、スラリと背の高い男が手を振っている。北條だ。会社の帰りらしく、スーツの上にコートを羽織《はお》り、手にはビジネスバッグを持っている。今日はセルフレームではなく、シルバーのワイヤーフレームの眼鏡をかけていた。

いかにもエリートサラリーマンといった出《い》で立《た》ちに、ムッとしてしまう。

「待たしてごめん～」

駆け寄ってきた北條は、ニッコリ笑って謝った。

卒業式の日だって、そうやって素直に謝ればよかったんだ。

「長いこと待った？」

首を傾《かし》げて覗《のぞ》き込《こ》まれ、広記は我に返った。慌てて営業用の笑顔を作る。

「いえ。私が早く来すぎただけですから、お気遣いなく」

敬語で応じると、北條は瞬《まばた》きをした。そして真顔で言った。

「そのしゃべり方、そそるなあ」

「そ……!」

「こないだ会《お》うたときにも思《おも》てん。いかにも仕事中って感じでそそる～」

嬉しそうな北條を、広記は頰をひきつらせながら見上げた。

こいつ、マジで全然変わってない。

やはり自分が大人の対応をするしかないようだ。

「――わかったよ。仕事だからけじめだと思ってたけど、敬語はやめる。だからわけわかんねぇこと言うな」

ため息まじりに言うと、北條はまた瞬きをした。高校のときと同じように怒鳴られると思っていたのかもしれない。少し驚いたような顔だ。その表情を見て、わずかだが溜飲《りゅういん》が下がる。

ザマミロ。成長してないのはおまえだけだ。

「わけわからんことないで～。ほんまにそそるし～」

「それはもういいから行くぞ」

相手にしていられないとばかりに繁華街《はんかがい》の方へ歩き出すと、北條が追いかけてきた。

「コラ。客を置いてったらあかんやろ」

「都合のいいときだけ客とか言うな」

きつい口調で言い返し、横に並んだ北條をちらと見上げる。

北條の方が五センチほど背が高い。高校を卒業してしばらくは伸びていた身長だが、北條も同じぐらい伸びたようだ。身長差そのものは高校のときと変わらない。

またしてもムッとした気持ちを無理やり抑《おさ》え込《こ》み、広記は努《つと》めて冷静に口を開いた。

「最初に行くのは居酒屋だ。駅から歩いて五分だし、初めてこの辺りに来る人にもわかりやすい場所にある。四十人ぐらい入れる和室があるから、会社の忘年会とか新年会で使う人も多いな。清潔だし店員の教育も行き届いてるし、料理も旨《うま》い」

そこまで説明すると、北條は首を傾げた。

「和室かー」

「和室はだめか」

「だめっていうか。担任のセンセ、もう退職してはるんやけど、こないだ連絡したとき膝《ひざ》の具合が悪いとか言うてはってん。せやから椅子に腰かける方がええかな思て」

のんびりとした口調で言う北條に、広記は少し驚いた。

そういう気遣いができるようになったのか。

――いや、こいつは高校んときも、俺以外にはけっこう気遣いしてたっけ。

だからこそ、男を好きだと公言《こうげん》しても真に受ける者がおらず、疎外《そがい》されなかったのだ。特定の恋人は作らなかったようだが、女子生徒にも普通にもてていた。

結局、俺だけつっかかられてたんだよな。しかも俺、高校では全然もてなかったし。バランスのとれた長身で、鋭い面立《おもだ》ちの北條が側《そば》にいたせいだろう、女の子たちの関心は必然的に彼に向いた。中学ではそれなりにもてたのに、高校ではさっぱりだったのだ。

高校でカノジョができなかったのは、こいつのせいだ。

改めてむかついていると、北條が小さく笑う気配がした。

「何だよ」

横目でじろりとにらみつける。

すると北條は、いや、と首を横に振った。しかし端整《たんせい》な顔は、やはり笑っている。高校のときと同じようにからかわれるのかと身構えた広記に、彼はごく普通の問いを投げかけてきた。

「その居酒屋、腰かけられる部屋はないんか?」

「あ? ああ、ないことはないけど」

拍子抜《ひょうしぬ》けしつつ、幾分《いくぶん》か気の抜けた声で答える。

「そういう事情なら、広いスペースがあった方がいいだろ。この先に去年できたレストランバーがあるんだ。居酒屋に比べると駅から少し遠いけど、そこならテーブルに椅子だし、店内はバリアフリーになってる。ただ、一人当たりの会費は居酒屋より千円高くなるけどな」

広記は居酒屋を見た後で案内しようと思っていた店の説明をした。北條が真面目に話すのなら、こちらだって真面目に応じる。なにしろこれは仕事なのだ。

ふうん、と北條は頷いた。

「千円しか違わんのやったら、そっちにしよかなあ」

「同窓会って先生が来た方が盛り上がるし、その方がいいんじゃないか？　それに先生だけじゃなくて、誰がどんな事情で、どんな状況に置かれてるかわかんないだろ。バリアフリーなら参加してみようかって思う人もいるかもしれないし」

そこまで言って、広記は立ち止まった。ちょうど先ほど話していた居酒屋の前だ。

数人のサラリーマンが暖簾《のれん》をくぐってゆく。旨い酒とつまみを手頃な値段で出す店は、今夜も盛況《せいきょう》のようだ。

「一応、ここが最初に説明した居酒屋な」

言いながら北條を振り返ると、彼はなぜかニコニコと笑っていた。やけに嬉しそうな笑顔を向けられ、ムッとする。

「何だよ、さっきから」

「何って」

「何で笑ってんだ」

ぶっきらぼうに尋ねた広記に、北條は目を細めた。向けられる眼差しがやけに眩《まぶ》しく感じられて眉を寄せる。

「南、変わってへんなあ」

広記は思わず、はあ？　と頓狂《とんきょう》な声をあげた。

こいつの目はフシアナか。

や、高校のときに俺をきれいとか言ってた時点で、フシアナだってわかってたけど。

「バカかおまえは。俺が変わったから、おまえとこうやって普通に話せてんだろうが」

不機嫌を隠さずに言ってやると、北條は首をひねった。

「南普通か〜？　何かムッとしてるみたいやけど〜」

「それはおまえのせいだ。相変わらず薄ぼんやりしたしゃべり方しやがって。おまえこそ全然変わってないな」

厭味《いやみ》で言ったのに、北條には通じなかったらしい。うん、と真顔で頷く。

「変わってへんて今、確信した」

「今かよ」

「今」

もう一度頷いてニッコリ笑った北條は、唐突に広記の腕をつかんだ。

「ここはええから、そのレストランバーに案内して。ついでにそこで飯食お〜」

「飯って、まだ他の候補もあんだけど」

「飯食うてからまわったらええやろ。それにそこ見て気に入ったら、もう決めてまうし。せやから行こ」

　ぐいと腕を強く引っ張られる。行き先もわからないだろうに意気揚々《いきようよう》と歩き出され、広記は慌てた。

「ちょ、そっちじゃない」

「どっち？」

「右」

　右なー、と振り返らずに頷いて、北條は方向を転換した。広記の腕は、彼につかまれたままだ。

　すれ違った若い女性のグループが、こちらを見て笑ったのに気付いて顔が熱くなる。肘《ひじ》の辺りからしっかりと抱え込まれているため、腕を組んでいるように見えなくもない。酔っ払うにはまだ早い時刻だし、何より素面《しらふ》の男同士である。笑われて当然だ。

「おい、放せ」

　腕を引こうとするが、思いの外《ほか》強い力で捕まえられていてびくともしない。

「コラ、放せって、北條」

「嫌〜」

　返ってきた答えは、高校の頃とそっくり同じだった。

　やっぱりこいつ、全然変わってない……。

居酒屋から更に十分ほど歩いた場所にあるレストランバーは、金曜の夜とあって混んでいた。生憎《あいにく》テーブルは満席で、広記と北條はカウンター席に案内された。

「ここ、ええ感じやなあ」

注文を受けた店員が去ると同時にフロアを振り返った北條が、嬉しそうにつぶやく。彼の隣に腰かけた広記も、肩越しに店内を見渡した。

木目調《もくめちょう》の内装は落ち着いた雰囲気だ。客も二十代後半以上と思《おぼ》しき大人が多い。ほどよいざわめきと食欲をそそる料理のにおい、そしてききすぎない暖房が心地《ここち》好い。三ヵ月ほど前に一度、結婚式の二次会で利用させてもらった際、依頼者から好評を得た店だ。

「当日は一階のフロアを全部貸し切りにできる。食事は立食でもコースでも希望に応じてくれるから、好きな方を選べばいい」

ふうんと頷いた北條は、フロアから広記に視線を移した。眼鏡越しの視線に促《うなが》されるように、広記も彼を見返す。

北條は笑みを浮かべていた。高校生だった頃には見たことがなかった、柔らかな笑みだ。

「南」

呼ぶ声も心なしか柔らかい。

——何を企んでやがる。

警戒しつつ、何、と応じると、北條は斜めにこちらを見下ろしてきた。カウンター席の高いスツールに腰かけているせいか、無駄に脚が長く見える。

やっぱりむかつく……。

我知らず眉を寄せた広記に、北條はニッコリと笑った。

「おまえ、俺のこと嫌いやんなあ」

「……いきなり何の話だよ」

「こないだ会うたときも今日も、かなりムッとしてるし。嫌いやろ?」

重ねて問われ、広記はため息を落とした。

そんなわかりきったこと聞いてどうすんだ。

「高校んときの俺に対する自分の態度を思い出してみろよ。好かれてると思うか?」

「南、高校んときのこと覚えてるんや」

「覚えてるに決まってるだろ。思い出しただけでもむかつく」

「むかつくて、今も?」

「今もだよ」

できる限り穏やかに言ったつもりだったが、自然と苛立ちが滲《にじ》んでしまった。こちらが仕事モードで話そうとしているのに、北條がいちいちそれを壊すのだから仕方がない。

「そおかー、今もむかつくかー。それってめっちゃ印象強いってことやんな。嬉しいなあ」

傷つくどころか頬を緩めてつぶやいた北條に、広記はきつく眉を寄せた。

「好きじゃないのはおまえだろ、北條」

低い声で言うと、北條はこちらに視線を向けた。

「好きとちゃうて、何が？」

「とぼけんなよ。おまえ、俺が気に食わなかったんだろ。だから嫌がらせしてたんだろうが」

これは、高校卒業後に出した最終的な結論である。北條は自分の進路を話さなかっただけではない。毎日付きまとったのが嘘のように、高校を卒業してからはぴたりと連絡をよこさなくなった。電話やメールはもちろん、暑中見舞いひとつ、年賀状ひとつ来なかったのだ。

「俺が気に食わないから好きとかきれいとか、くだらないこと言ってたんだろ」

もはや遠慮せずにずけずけと言ってやると、えー、と北條はわざとらしく眉を上げた。

「それはちゃうでー。普通、なんぼ嫌がらせでも嫌いな奴に好きて言うたりせんやろ」

「おまえに普通とか言われても説得力がない」

えー、と北條はまた声をあげる。今し方まで上がっていた眉が、今度は下がっていた。笑っている。

こいつ、こんなに笑う奴だったたか？

高校のときもよく笑っていたけれど、こんな風に柔らかい笑い方はしていなかった気がする。あの頃はもっとこう、嘘っぽいというか、硬いというか。

まじまじと端整な横顔を見つめていると、北條も見つめ返してきた。

「まあ、ちょっとは普通やないかもな。俺、今も南が好きやから」

あっさり発せられた言葉に反応する前に、お待たせいたしました、と脇《わき》から声がかかった。

男性の店員が看板メニューであるビーフシチューと自家製のパン、そしてワインを手際よくカウンターに置く。たちまち食欲をそそる香りが漂《ただよ》った。

「ご注文は以上でよろしかったでしょうか」

「ああ、はい」

店員の笑顔につられ、広記も笑みを浮かべて応じた。どうぞごゆっくり、と頭を下げて去ってゆく彼を見送り、改めてビーフシチューに視線を移す。

腹減ってるし、とりあえず食おう。

「俺、今も南が好きやから」

スプーンを手にとると同時に耳に飛び込んできた言葉に、広記は固まった。恐る恐る北條を振り返る。

笑ってやがる……。

嬉しそうというより、楽しそうだ。

「俺、今も南がす」

「何回も言うな！」

最後まで言わせまいと低く怒鳴る。幸い、ひとつ空席を置いて腰かけているカップルは会話に夢中で、北條の告白も広記の罵声《ばせい》も聞いていなかったようだ。思わずほっと息をつく。

一方の北條は慌てる様子もなく、のんびりと言った。

「けど何か今、俺の告白なかったことにされそうやったから～」

「なかったことにするに決まってんだろ。もう高校生のガキじゃないんだぞ。変な冗談言うのはやめろ」

「えー、冗談やないで？　高校んときも冗談やなかったし」

「はあ？」

不穏《ふおん》な声をあげた広記をよそに、北條はいただきまーすと律儀《りちぎ》に手を合わせ、スプーンでシチューをすくった。ふー、ふー、と息を吹きかけて冷ましたそれを口に運び、厭味なほどゆっくり咀嚼《そしゃく》する。

「おお、ごっつ旨いな、このシチュー」

「おいコラ。自分だけ食ってんじゃねぇよ」

唸《うな》るような声が出たが、北條は怯《ひる》まなかった。それどころか、もー、わがままなんだからー、という風に眉を寄せてこちらを見遣《みや》る。

「自分だけて、人聞き悪いなあ。南も食べたらええやんか。美味《おい》しいでほんまに」

「人が食べかけてたのを止めたのはおまえだろ。そんなことよりどういう意味だ、高校のときも冗談じゃなかったって」

「本気ていう意味や」

あっさり言った北條は、休まずにシチューを口に運び続ける。照れている風はない。緊張している様子も、欠片《かけら》もない。

「……おまえ、いい加減にしろよな。そんなバクバクもの食いながら本気って言われて、俺が信じると思ってんのか」

こめかみに血管を浮かせた広記に、えー、でもー、と北條はカレシに怒られたカノジョのように唇を尖《とが》らせた。

「南、きれいな夜景の見えるスイートルームに二人きりで、両手に抱《かか》えきれんぐらいの赤いバラの花束捧《ささ》げて、跪《ひざまず》いて思い切り真顔でごっつ熱のこもった声で、本気で好きです、愛してます、てコクッても絶対信じんやろ」

「……気持ち悪いことを言うな」

見事に鳥肌が立った腕をさすりつつにらみつけると、ほらー、と北條は眉を寄せる。その口にじゃがいもが含まれた。

「へやはら、はりへほうほふっはわへよ」

せやから、さりげのうコクッたわけよ。

と言ったつもりらしい。食べる前に冷まさなかったじゃがいもが、想像以上に熱かったようだ。どう贔屓目《ひいきめ》に見ても、本気の告白をした男とは思えない。

広記はピクピクとこめかみの辺りが震えるのを感じた。

落ち着け俺……！

意識して大きく息をする。高校の頃なら、その態度のどこが本気だ！　と怒鳴っているところだが、今はもう、二人とも思春期の少年ではない。カウンターの上に置かれたワインがその証拠だ。

広記はもう一度大きく息を吐いた。

「どこがさりげないんだよ。悪い冗談にしか聞こえない」

「え、そお？　そしたらやっぱりさっきのやり方のがええんかな。南、ここ出たらスイートとるからホテル行こ。あ、バラ買いに行かなあかんな。花屋てまだ開いてるやろか」

「北條」

流れるような物言いを、広記は名前を呼ぶことで遮《さえぎ》った。これ以上しゃべらせまいと、間を置かずに続ける。

「だったら聞くけど、おまえ、何で俺に大阪の大学へ行くって言わなかったんだ。それに高校卒業してから今まで、一回も連絡してこなかっただろ。だいたい今だって、たまたま東京に転勤になって、たまたま電話した会社に俺がいたってだけだろうが。そんなんでよく本気だなんて言えるな」

きつい語調で言ってのけると、北條はじっとこちらを見つめてきた。スプーンの動きも止まる。

ちょっとは反省したか？

「それって、俺に連絡してほしかったてこと？」

嬉しそうに言われて、広記はとうとう爆発した。

「んなわけあるか！　人の話を聞け！」

「聞いてるよー。聞いててそういう風にとれたんやもんー」

またしても、もー、わがままなんだからー、と言いたげに眉を寄せた北條は、パンに手を伸ばした。一口大に千切って口に入れ、あ、これも旨い、と満足そうにつぶやく。

こいつ……。

容赦《ようしゃ》なくにらみつけると、北條はようやく食べる手を止めてこちらを見た。

「大阪の大学行くことを言わんかったんも連絡せんかったんも、家庭の事情があったからや。南に変に同情されるんが嫌やってん」

「家庭の事情って何だ」

「言うてもええけど、それ聞いたら後戻りできんでー」

「……ほんとは事情なんかないんだろ」

意味深《いみしん》な言い方をした北条に、胡乱《うろん》な目を向ける。家庭の事情なんて曖昧《あいまい》な表現をされても、現実味がない。

すると北条は、小さく笑った。んー、と首を傾げ、ゆっくりと話し出す。

「高二んとき、大阪で一人暮らししてた祖父《じい》ちゃんが倒れたんや。しばらく入院しとったんやけど、容態《ようたい》が安定したからいうて病院放り出されて、むりくり自宅療養《じたくりょうよう》にされてしもてん。オトンは東京で仕事あるからオカンだけ大阪帰ってんけど、一人で介護《かいご》は大変やろ。せやから俺も手伝うために大阪の大学に決めたんや」

気負《きお》う様子もなく、淡々と告げられた内容に、広記は沈黙した。全く予想していなかった重い話が出てきて、咄嗟《とっさ》に何を言えばいいかわからなかったのだ。まっすぐ向けられる眼鏡越しの視線から目をそらし、うつむく。

そもそも今の話は本当なのか、嘘なのか。

あまりにも平然と告げられたため、判別できない。

けどいくら北条でも、お祖父さんが倒れたとか介護が大変とか、そんな具体的な嘘はつかないだろう。

——こいつは苦労なんかしてないって思ってたけど、いろいろと大変だったんだ。

「ほらー、やっぱりそういう顔するー」

北條に覗き込まれ、広記はぎょっとした。顔がやけに近い。

慌てて背筋を伸ばし、何を考えているのかわからない笑みが浮かんだ顔をにらむ。

「そういう顔って、俺は別に」

「南は優しいから、事情話した上で好きやー付《つ》き合《お》うてーて言うたら、断りきれんようになるかもしれん思て。同情されて付《つ》き合《お》うても虚《むな》しいから～」

「はあ？　バカかおまえは。それとこれとは話が別だ。事情を聞いたって断ったに決まってんだろ」

広記は即答した。

北條は目を丸くする。

次の瞬間、彼は噴き出した。腹を押さえて本格的に笑い出す。

こんな笑い方も初めて見る。

半《なか》ば呆気《あっけ》にとられていると、北條は笑いを収め、改めてこちらを見下ろしてきた。

「俺、南のそういうはっきりしたとこも好き～」

「……おまえなあ」

間延びした口調での告白に、広記は怒りを通り越してあきれた。やはりどこまでが本気で、どこまでが冗談なのか、さっぱりわからない。

「もういいから食え」

ため息まじりに言って、冷めてしまったシチューにスプーンを入れる。せっかくの熱々のシチューが、北條のせいで台無しだ。

「なあ、南」

「黙って食え」

「高校んとき好きやったんはほんまや。今好きなんもほんまやで」

まだ言うか。

広記は眉を寄せて隣を振り向いた。

北條は思いの外《ほか》真剣な顔をしていた。口許《くちもと》は笑っているが、眼鏡のレンズの向こう側にある切れ長の双眸は笑っていない。

またしても一度も見たことがない表情を目《ま》の当たりにして、広記は一瞬、言葉につまった。射《い》すくめられたように視線をそらすことができない。

くそ。何なんだ。

無理やり視線を引《ひ》き剝《は》がした広記は、いつのまにか止まってしまっていたスプーンの動きを再開した。

「わかったから食え」

「わかってくれたってことは、俺と付き合《お》うてくれるってこと〜？」

嬉しそうな声に、付き合《あ》うかバカ、と返しそうになった口を、広記は既《すんで》のところで止めた。

これ以上、この男のペースに巻き込まれるのはごめんだ。

頬の辺りに北條の視線を感じたが、彼を見ることはしない。先ほど北條がしたように、敢《あ》えてスプーンを止めずに素っ気なく言う。

「言うだけなら何とでも言えるだろ。わかってほしかったら行動で示せ。そしたらおまえが本気だって、少しは信じてやってもいい」

ふうん？ と南は首を傾げた。

「わかった。行動で示したらええんやな？」

——やけに楽しそうなところが、またむかつく。

「ただし」

短くそれだけ言って、広記は北條を横目で見上げた。

こいつには絶対、できっこない。

確信のもとに続ける。

「ちゃんと、俺に本気だってわかる行動でな」

やれるもんならやってみろ。

二年で同じクラスになってから、好きだきれいだと言い続ける北條をいちいち追い払っていた広記だったが、さすがにこいつも、夏休みを挟《はさ》んで新学期が始まる頃には飽《あ》きるだろうと思っていた。

新しいクラスメイトと馴染《なじ》むために、ちょっとふざけただけなのかもしれない。新学期からは普通の友達になれるかもしれない。

その淡い期待は、新学期の初日に見事に打《う》ち砕《くだ》かれた。南、日に焼けてもきれいやなー、エキゾチックぅー。顔を合わせるなり、北條はそう言ったのだ。

変わらずかまってくる北條に、さすがの広記も疑問を持った。

こいつ、もしかして本気なのか？

もし本気なら、こちらも怒鳴ってばかりいないで、真面目に対応しなければならない。

新学期が始まってしばらくした頃、広記は北條に直接聞いてみた。

おまえのその態度、本気か冗談か、どっちなんだ。

北條はニッコリ笑った。そして逆に尋ね返してきた。

本気か冗談か、どっちやと思う～？

広記は数秒の間、何を考えているのかさっぱりわからない笑顔を、穴が開くほど見つめた。

そして、知るか！　と怒鳴った。真剣に尋ねただけに、煙《けむ》に巻くような北條の返事が腹立たしくて仕方がなかった。

それから後も、北條は広記に好きだきれいだ付き合いたいと言い続けた。三年で再び同じクラスになってからも、彼の態度は一向《いっこう》に変わらなかった。毎日毎日飽きもせず、好きだとくり返した。

ふざけた物言いに腹を立てつつも、あまりにも北條が変わらないので、ほんの少しではあるが、広記は次第に感心するようになっていった。

一年以上続けるって、おまえも根性あるよな。

あれは、三年の夏休みに入る前だったと思う。偶然、教室で二人きりになったとき、飽きもせずにかわいいきれいだと褒《ほ》める北條に、苛立《いらだ》ち三分の一、あきれ三分の一、感心三分の一で言うと、彼は驚いたように瞬きをした。そして珍しいことに、ぎこちなく視線をそらした。

何や南、とうとう俺にほだされてくれたんか～？

いつもの冗談か本気かわからない間延びした口調だったが、そのときは不思議と腹は立たなかった。目を合わせようとしない北條が、ひどく子供っぽく感じられたせいかもしれない。

ほだされるわけないだろ、バカ。ただ、よく飽きねぇなって思っただけだ。

ぶっきらぼうに答えた広記だったが、内心では、そんなに悪い奴じゃないのかも、と思った。同時に、少しは本気なのかもしれないな、とも思った。北條が言った通り、ある意味ほだされかけていたのかもしれない。

しかしそれも、長くは続かなかった。夏休みに入ったある日、予備校の帰りに、北條が女の子と並んで歩いているところを見かけたのだ。

ストレートのロングヘアがよく似合う、愛らしい面立《おもだ》ちの女の子だった。北條は彼女に、学校では一度も見せたことがない柔らかな笑みを向けていた。女の子も楽しげに応《こた》えていた。夕暮れの街を並んで歩く二人の距離は、姉妹にしてはよそよそしく、友達にしては近すぎるように見えた。

カノジョ、かな。

親しげに言葉をかわしながら去ってゆく北條と女の子をぼんやり見送りながら、そう思った。夕方になっても気温が下がらない真夏の人いきれの中、立ち尽くしたまま動けなくなっている自分が、ショックを受けていることに気付いて動揺した。

いや、普通よりちょっと仲がいい友達かもしれない。北條が俺に本気だっていうなら、カノジョじゃないだろう。

そう思い直したものの、一度湧《わ》いた疑念《ぎねん》は消えなかった。そもそも北條は、好きだきれいだかわいいとしつこくくり返すわりに、具体的な行動は起こしていなかったのだ。手をつないだり抱きしめたりといった行動に出なかったことはもちろん、家を訪《たず》ねてきたこともない。自宅のある方向が違ったせいもあるだろうが、一緒に登下校したこともなかった。

また、高校最後の夏休みであるにもかかわらず、遊びに行こうと誘ってくることもなかった。本当に好きなら、いくら受験勉強で忙しくても、一日ぐらい思い出作りをしたいと考えて当然だろう。

やっぱり本気じゃないのか。

からかってるだけなのか？

数日経《た》っても、もやもやとした気分は晴れず、勉強に身が入らなかった。業《ごう》を煮やした広記は学校へ向かった。受験生のために図書室が開放されていたことを思い出したのだ。場所を変えれば、気分も変わるかもしれないと期待した。

太陽がギラギラと照りつける、うだるように暑い日だった。二階にある図書室へ続く階段を上っていると、クラスメイトの声が聞こえてきた。

おまえさあ、ずっと南のこと好きだって言ってるけど、それって本気なのか？

んー、と曖昧に返した声は北條のもので、自然と足が止まった。階段の踊り場は、風の通り道になっていて涼しい。クラスメイトと北條は、どうやらそこで休憩《きゅうけい》しているようだった。

んー、てどっちだよ。本気じゃないのか？

真面目な問いかけに、せやなあ、と北條は応じた。またしても、肯定《こうてい》とも否定ともとれる返事だった。

だからどっちなんだっての。何、おまえゲイなの？

クラスメイトが、今度は笑いながら尋ねる。

すると、いやや、と北條は否定した。

それはちゃうと思う。女の子もカワイイ思うし、俺、カワイイ女の子好きやし〜。広記の脳裏《のうり》に、北條と並んで歩いていたロングヘアの女の子が浮かんだ。彼女は広記の目から見ても、文句なしにかわいかった。

何だそれ。女の子好きって普通じゃん。てことはやっぱり、南が好きっていうのは冗談か。

えー、そんなことないでー。南も好きやし〜。

それはもういいって。もうすぐ卒業なんだし、南のことはほどほどにしといた方がいいんじゃねぇか？　あいつさっぱりしてるから後腐《あとくさ》れない感じで返してるけど、相手が南じゃなかったら、殴《なぐ》り合《あ》いのケンカになるか、へたしたらいじめになるぞ。

んー、でも南、律儀にツッこんでくれるからなあ。

鶴屋南北《つるやなんぼく》のボケとしてはツッコミが手放せないわけか。どこまで笑いに貪欲《どんよく》なんだよ。さすが関西人。

クラスメイトが楽しげに笑う声を背に、広記は上がってきたばかりの階段を引き返した。

やっぱり北條はふざけてただけだったんだ。

好きだなんて、嘘だった。

腹の底から激しい怒りが込み上げてきた。同時に、北條を信じかけていた自分が、ひどく惨《みじ》めで恥ずかしかった。目の奥にじわじわと広がった痛みを、歯を食いしばって堪《こら》えたことを、今もはっきりと覚えている。

何であんな奴を信じかけたんだ。からかわれてただけなのに真に受けて、俺はバカだ。

もう絶対に信じない。

その思いは、北條が東京を離れたと人伝《ひとづて》に聞いたとき、より強くなった。

結局俺は、北條のタチの悪い冗談に付き合わされただけだったんだ。

悔しくて腹が立って、そしてやはり惨めだった。


すれ違いざま、あれ？　と声をあげたのは、企画を担当している女性だ。

「どうかしました？」

バッグをおろして振り向くと、女性は首を傾《かし》げた。グレーのジャケットに黒のパンツというシンプルな服装の彼女は、一人娘を抱《かか》えて働くシングルマザーで、広記《ひろき》と同じ中途採用者だ。社長である守《まもる》は新卒を採用しない。社員は皆、紆余曲折《うよきょくせつ》を経《へ》てこの会社にたどり着いた者ばかりである。

「南《みなみ》君、香水つけてる？」

明るい声で尋ねられ、広記は眉を寄せた。

「つけてません」

「え、そう？　でも何かいい匂いするよ。女の子が好きそうな香り」

そこまで言って、あ、と彼女は口許《くちもと》を手で覆《おお》った。

「ごめん。こういうのセクハラだね」

「色っぽい想像してるんだったら、全然違いますからね」

恋人がつけているフレグランスの香りが移ったと勘違いしているらしい女性に、断固とした口調で言う。

すると彼女は、完璧な弧《こ》を描く眉を寄せた。

「もしかしてふられちゃった？」

「違います」

広記は即答した。あまりにも力を入れて否定したのが逆効果だったらしい。女性は慰《なぐさ》めるような笑みを浮かべ、うんうんと頷く。自分のデスクへ戻ってゆく彼女の背に、ほんとに違いますから、とだめを押したが、やはりうんうんと頷かれただけだった。完全に誤解されてしまったようだ。

広記は眉を寄せたまま、スーツの袖《そで》に鼻先を押し当てた。確かに匂う。これはバラの香りだ。

今、広記が住むワンルームマンションは、バラの花であふれている。

贈《おく》り主《ぬし》は北條礼一《ほうじょうれいいち》。

「あの野郎……」

金曜の夜、レストランバーを出た後、もう一軒飲みに行こうと迫る北條を振り切って帰った。しばらくするとメールが届いた。明日遊びに行きませんかと誘う内容に、広記は返信をしなかった。有体《ありてい》にいえば無視した。

翌日の土曜日、仕事から帰ってくると、北條がマンションの前に立っていた。どうやって住所を調べたんだと驚くと、昨日後をつけたという。

言うたやろ、俺は本気やって。

それは本気じゃなくてストーカーだ！

ぐっと拳《こぶし》を握って主張した北條を怒鳴りつけた広記が、直《す》ぐ様《さま》彼を追い返したことは言うまでもない。

「南君、おはよう」

声をかけられて我に返る。出勤してきたばかりの根本《ねもと》が、怪訝《けげん》そうにこちらを見ていた。

「あ、おはようございます」

「突っ立ってどうしたの。ん？　あれ？　何かいい匂いしない？」

くんくんと鼻を鳴らす根本に、広記はまた即答した。

「匂いなんかしません」

「何怒ってんの……」

「怒ってません」

昨日の日曜日、珍しく仕事は休みだった。北條が訪《たず》ねてくることはなく、電話もメールもなかった。

まあ、あいつも会社員だし、いろんな付き合いがあるだろうし、そんな暇《ひま》じゃないよな。

正直、ほっとしながらコンビニの弁当で昼食をとっていると、宅配《たくはい》業者がやってきた。広記よりも年下らしい彼は、赤いバラのみでできた大きな花束を抱えていた。唖然《あぜん》とする広記に、彼はニッコリ笑って言った。まだ箱でたくさん届いてるんです。一回に運べなかったんで今から持ってきます！

受け取りを拒否しようかと思ったが、俺こんなたくさんのバラ見たことないっす！　となぜか興奮している若者に、いりませんので持って帰ってくださいとは言いづらく、結局、受領書にサインをしてしまった。

添えられていたメッセージカードを恐る恐る開くと、『本気の愛をこめて、北條礼一』と書かれていた。くせのない流麗《りゅうれい》な文字は高校の頃と変わっておらず、一目《ひとめ》で北條本人の手書きだとわかった。

バカだ。あいつは本物のバカだ。

広記が借りている家賃六万のワンルームマンションが、どれだけ広いと思っているのだろう。生活スペースを圧迫《あっぱく》するほどの大量の花など、はっきり言って邪魔だ。

それに俺は女じゃない。

どんな立派な花束を贈られたところで、嬉しくも何ともない。

海より深いため息をついて腰を下ろす。

隣の席でパソコンの電源を入れていた根本が、ちらとこちらを見た。

「どうしたの。何かあった？」

「北條が……」

思わずつぶやくと、根本は瞬《まばた》きをした。

「彼とはうまくいったんだろ？　プランも店も決まったって言ってたじゃない」

「それはそうなんですけどね……」

同窓会のプランと会場は、金曜の夜に決めた。結局北條はレストランバーを選んだのだ。とはいっても正式な契約はまだなので、今度の土曜にクラス名簿を受け取る際、書類にサインをもらう予定である。

「トラブルだったら遠慮しないで早めに言ってくれよ」

「いえ、トラブルってわけじゃないんです。大丈夫ですから」

心配そうな根本に、どうにか笑顔を作って応じながら、トラブル、と心の内でつぶやく。トラブルといえばトラブルだ。しかも自分で撒《ま》いた種だから、どうしようもない。

顔を合わせればまた、本気だの好きだの言うかもしれないが、それだけだ。所詮《しょせん》ふざけてるだけのあいつには、何もできない。社会人になって分別《ふんべつ》がついた今なら、尚更《なおさら》。

そう思ったから、行動で示せと言ったのだ。

それがまさか、高校の頃より厄介《やっかい》なことになるなんて。

我知らずため息を落としていると、バッグの中の携帯電話が鳴った。仕事関係のメールが入ったことを知らせる着信音だ。のろのろと携帯を取り出し、画面をチェックする。

そこに表示されていた名前は、北條礼一だった。自然と眉間《みけん》に皺《しわ》が寄る。

いっそのこと、読まずに消してしまおうか。

でも仕事の話だったらまずいしな……。

再びため息をつき、広記は渋々メールを開いた。

俺の本気のバラ、受け取ってもらえたみたいで嬉しいです。ところで今日の仕事は何時に終わりますか？　俺はそんなに残業をしなくてもよさそうなので、早めに帰れそうです。よかったら夕飯を一緒に食いませんか。

画面に現れたメッセージを、広記はまじまじと見つめた。ご丁寧《ていねい》に『本気のバラ』の後には、赤いバラの絵文字とハートマークが入力されている。

いくら俺が行動で示せって言ったからって、行動しすぎだろ。

それだけ本気ということか。

でも、俺も北條も男なんだけど。

——あいつ、マジでゲイなのか？

ビルを出た途端《とたん》、吹きつけてきた冷たい風に、広記は首をすくめた。コートを着てマフラーを巻いているのに、寒さがじわじわと染みてくる。年が明けても、まだ春は遠い。

時刻は午後七時三十分。辺りはすっかり夜だ。今のところ切羽《せっぱ》つまった仕事はないため、比較的早く会社を出ることができた。ビルから吐き出されてくる帰宅途中の男女に混じって、駅の方へ歩き出す。

いつもならすぐマンションへ帰るが、今日は飲む予定だ。誰と飲むかといえば、北條である。一度彼と真剣に話す必要があると判断したのだ。なにしろ北條がゲイなのかという、根本的《こんぽんてき》なところがわかっていない。

高校三年の夏休み、北條は女の子が好きだと言った。実際、かわいい女の子と親しげに話しているところも見た。

あのときはゲイじゃなかったけど、今はゲイになったってことか。ていうか、そもそもゲイってなるものなのか？

その辺りを話してみたい。もしも北條がゲイなら、本当に恋愛の意味で広記を好きだということになる。高校の頃にも思ったが、その場合はこちらも怒ってばかりいないで、真面目に応対しなくてはならない。

飲みに行ってやってもいいと返信すると、マジで？　とだけ入力された短いメールがすぐに返ってきた。北條が心底驚いているのが伝わってきて、少し笑ってしまった。

北條自身は別として、ゲイに関しては気持ちが悪いとは感じない。人それぞれだと思うだけだ。

けど高校の頃と今じゃ、事情が違う。

今の広記は二十四歳の大人の男だ。濃くはないが髭《ひげ》も生《は》える。十代の頃はほっそりしていた体つきも、今は骨っぽく、それなりにがっちりしている。顔の輪郭《りんかく》もシャープになり、中性的な繊細《せんさい》さはなくなった。当然、可愛らしさなど皆無《かいむ》だ。万にひとつでも、女性に間違えられることはない。

それでも本気で好きだというなら、やはりゲイなのだろうか。

や、女の子も好きなんだったらバイか。

「南君」

ふいに呼ばれて、自分の考えに没頭《ぼっとう》していた広記は、文字通り飛び上がった。慌てて声がした車道の方を見ると、シルバーの大型車が横付けされている。

運転席の窓から顔を覗《のぞ》かせたのは守だった。午後から遠方へ打ち合わせに出かけていたが、帰ってきたらしい。

「お疲れさまです、社長」

「お疲れ。もう帰るのか？」

「や、これからちょっと飲みに」

「約束してるのか」

はいと頷くと、守はわずかに眉を寄せた。仕事の顔とは異なる、プライベートの顔になる。『守君』の顔だ。

「それじゃ、うちに来るのは無理だな」

「千鶴《ちづる》さんと翔《かける》がどうかしたんですか？」

すかさず尋ねた広記に、守は微笑《ほほえ》んだ。

「いや、どうもしないよ。千鶴の実家が蟹《かに》を送ってきてくれて、今晩は蟹鍋なんだ。いっぱいあって食べきれないから、ヒロ君を誘ったらって千鶴が言うもんだから。翔もおまえに会いたいって言うしな」

守の妻である千鶴の明るい笑顔と、四つになったばかりの息子のわんぱくな面構《つらがま》え、そしてぐつぐつと音をたてて煮える蟹鍋が脳裏《のうり》に浮かんだ。——魅力的な誘いだ。数日前なら、北條との約束などキャンセルして飛びついていただろう。

「すみません、先約なんで。千鶴さんと翔に、近いうちにお邪魔させてもらいますって伝えてください」

わかった、と頷いた守は、ヒロ、と子供の頃からの愛称《あいしょう》で呼んだ。

「この前言ってたのは大丈夫か」

広記は瞬きをした。北條の同窓会の担当を代わりたいと言ったことを覚えていて、少しは気にしてくれていたらしい。厳しい一方で、さりげなくフォローもする人なのだ。だから多少仕事がきつくても、社員は辞めない。

「大丈夫。うまくいってるよ」

笑顔で頷いてみせると、守は目許《めもと》を緩《ゆる》めた。

「そうか。ならいい。じゃあな、ほんとに近いうちに遊びに来いよ」

「うん、ありがとう」

礼を言った広記に笑みで応《おう》じた守は、窓を閉めた。車がゆっくり発進する。

遠ざかる車体を見送り、広記はため息を落とした。白い息は、瞬《また》く間に風にさらわれて消える。

千鶴さん特製の蟹鍋を蹴《け》ってまで、北條との約束とるか、俺……。

改めて考えると、物凄《ものすご》く惜《お》しいことをした気がする。

北條が本気だから何だっていうんだ。ゲイだったら何だ。

あいつが何をどう思ってても、俺には関係ない。会社も別なんだし、今の仕事さえ終われば顔を合わせることもないし、無視すればいい。

――でも、約束したからな。

小さく舌打ちして駅の方へ踵《きびす》を返す。

が、足はすぐに止まった。数メートル離れた場所に、大きな花束を抱えた長身の男が立っていたのだ。

「北條？」

駅前で待ち合わせをしていた男の出現に驚いて呼ぶと、彼は弾かれたように駆け寄ってきた。実に北條らしくない鬼気迫《ききせま》る様子に、思わず一歩後退する。

「カレシがおるんやったらおるて言うてくれんと～。作戦の立て方が変わってくるやろ～」

「は？」

「カレシがおっても、俺の気持ちは変わらんけどな。てゆうか奪うけどな」

いつもより早い口調で言われて、は？　とまた声をあげる。突然現れて、カレシとか作戦とか言われても、わけがわからない。

街灯の下で数秒、怖いぐらい真剣な眼差しで広記を見つめた北條は、ふいにがっくり肩を落とした。はあああ、という長いため息の音が聞こえてくる。

「まあ、南がフリーってことはないやろうとは思《おも》とったけどな……。けど男っちゅうのは、ちょっと予想外……」

目の高さまで落ちてきた北條のつむじを目の当《ま》たりにして、広記は瞬きをした。

何だこれ……。

まさか北條、落ち込んでる？

高校生だった頃はいつも飄々としていて、怒哀《どあい》はもちろんのこと、喜楽《きらく》さえもはっきりしなかったのに。

しかも守君のこと、俺のカレシだって勘違いしてるっぽい。

広記は改めて北條を観察した。均整のとれた長身をブルーグレーのコートで包み、大振りの白い花のみで作られた花束を持っている。格好《かっこう》だけを見ると、撮影中の二枚目俳優のようだが、悄然《しょうぜん》と肩を落としている様《さま》は何とも滑稽《こっけい》だ。

「北條」

「……何」

「おまえ、バカだろ」

笑いを含んだ声で言ってやると、北條の肩がぴくりと震えた。

「自分が優位やからって、そういうこと言うか？　南てそういう奴やったんか～」

「はあ？　わけわかんないこと言ってんじゃねぇよ。こんなとこで話してても寒いだけだ。飲みに行くぞ」

まだ項垂《うなだ》れている北條を置いて、さっさと歩き出す。

すると北條は、慌てたように追いついてきた。南、と呼ばれたが、彼の方を向かずに、何だよと返事をする。北條を見たら、爆笑してしまいそうだったのだ。

「さっきの人と長いんか?」

初めて聞く遠慮がちな物言いが、またおかしい。

「さっきの人って」

「車に乗ってた人」

「あの人は、俺が勤めてる会社の社長だ」

「社長と付《つ》き合《お》うてるんか……」

「違う!」

広記は即座に否定した。

見上げた先にあった北條の顔には、拗《す》ねているような、どこか情けない表情が映《うつ》っていた。それでも端整《たんせい》な面立《おもだ》ちは、やはり崩れては見えない。

こういうとこは、ほんとむかつく。

そっぽを向くように視線をそらすと、南、と北條がまた声をかけてきた。

「さっき、ヒロって呼ばれてたやろ」

「社長は従兄弟《いとこ》だから、プライベートではそう呼ぶんだよ」

「従兄弟と付き合うてるんか……」

「だから違うっつってんだろうが!」

思わず立ち止まって怒鳴る。北條もつられたように足を止めた。大きな花束を抱えて不安そうにしている男を、正面から見据《みす》える。

「一年ぐらい前にカノジョと別れてから、誰とも付き合ってない。転職してから仕事覚えるのに必死で、恋愛どころじゃなかったしな。だから今俺はフリー」

眉を寄せて見下ろしてくる北條に、きっぱりと言ってやる。

すると彼は、眉間の皺を深くした。そして言った。

「そんなこと言うて、南、俺を弄《もてあそ》ぼうとしてるやろ～」

……何だこれ。すげぇめんどくさいんだけど。

「勝手にしろ」

ため息まじりに言い捨てて、広記は再び歩き出した。北條は懲《こ》りもせず、待ってや南、と追いかけてくる。

「さっきの人、ほんまに恋人やないんか？」

「しつこいな。違うって言ってんだろ」

「けど南、俺が見たことないかわいい笑顔やったし、ヒロって呼ばれてたし」

「だからそれは……て、何回も同じこと言わせんな。おまえだって親戚に呼び捨てにされることとあるだろ。それと同じだ」

うんざりとした口調で答えながらも、広記の足取りは軽かった。北條が本気かどうかはわからないが、高校のときには一度も目にしたことがなかったネガティブな様子を見られたことが、やけに楽しかったのだ。溜飲《りゅういん》が下がる、というのとは少し違う。腹を抱えて笑いたくなるような、愉快《ゆかい》な気分だった。

散々《さんざん》人を振りまわすから、今度はそうやって自分が振りまわされるんだ。ザマミロ。

「もー、南はー、カレシやないんやったらカレシやないて言うてくれんとー」

「だからそう言っただろうが」

広記は眉を寄せてビールをあおった。

先週の金曜とは違い、今日は四人がけのテーブル席の正面に北條が腰かけている。すっかり落ち着きを取り戻した端整な面立ちが、おもしろくない。

庶民的な居酒屋の店内には、中年以上の男性客が多かった。週が始まったばかりのせいだろう、賑《にぎ》やかだが浮《うわ》ついた空気はあまり感じられず、かといって気取った雰囲気もない。広記にとっては落ち着く空間だ。

「勝手に勘違いして騒いだのはおまえだろ」

「勘違いするわそら。めっちゃ仕事できるオトコマエが乗ってそうな、ええ車やったし〜」

「ああ？　車なんかで人を判断すんな。軽《けい》トラに乗ってようがアメ車に乗ってようが、人間の中身は変わらないだろうが」

ダシがよく染《し》みたおでんの大根を口に入れつつ言うと、北條はじっとこちらを見つめてきた。

「何だよ」

「南は相変わらずかっこええなあ」

間延びした関西弁で綴《つづ》られた言葉に、広記は顔をしかめた。

「何だそりゃ。厭味《いやみ》か」

じろりとにらみつけてやると、ちゃうよー、と北條は首を横に振った。先ほどから彼の箸《はし》は、焼き魚の身をほぐしている。この男は箸使いもきれいだ。レストランバーにも馴染《なじ》んでいたが、こうした大衆的《たいしゅうてき》な居酒屋にいても違和感がない。容姿《ようし》も含めて、女性から見れば完璧に近い男だろう。

けど俺的には、さっきみたいに慌ててた方がおもしろい。

「ほんまのことや。高校んときも、どんだけしつこうしても無視したり、適当にあしろうたりせんと、いっつもまっすぐな言葉が返ってくるんが嬉しかった」

「……おまえ、まさかそれでずっと俺にくだらないこと言ってたのか？」

だとしたら、とんだ迷惑だ。

相手にしないで無視すればよかったと心の底から思っていると、北條は唇を尖《とが》らせた。

「くだらんことないよー。ないけど、南に好きて言い続けた理由の半分はそう」

残りの半分は何だ、と広記が尋ねる前に、北條は続ける。

「この前祖父《じい》ちゃんが倒れたて言うたやろ。あれ、俺が高二になったばっかの頃やってんけど、祖父ちゃんの世話のことで親戚中が揉《も》めてなあ。信頼してた人が、ごっつジコチューやったり無責任やったりして、こう、心が荒《すさ》んだわけ。せやから南がずっと変わらんと向《む》き合《お》うてくれて安心したていうか、嬉しかってん」

広記は黙ってビールをあおった。気軽に相づちを打ってはいけない気がしたのだ。

ただ、お祖父さんの話はほんとだったんだな、と思う。目の前にいる北條が本心を話しているる気配が、何となく伝わってくる。先ほどらしくなく取り乱したことが、少しは影響しているのかもしれない。

「今考えたら、それぞれ事情があったて理解できるんやけどな。子供の受験とか、経済的な事情とか人手の問題とか。きれいごとで済む話ちゃうし、本音でぶつからんとどうにもならんかったんや。もちろん当時も理屈ではわかってたけど、なかなか感情が納得せんかった。まあ、俺もガキやったんやな」

初めて聞く自嘲《じちょう》する物言いに、そうか、とだけ広記は応じた。

高校の頃の北條が喜怒哀楽に乏《とぼ》しかったのは、人を信じられなくなるような出来事が重なっていたからだと考えれば納得がいく。散々迷惑をかけられたことは事実だが、北條が苦労知らずのお気楽な男だという認識は改めた方がよさそうだ。

さっき、車で人を判断すんなとか言ったけど、俺も北條の表面だけ見て判断してた。人がどんな事情を抱えているかなんて、外側を見ただけではわからないのに。

ひどく決まりが悪くて、敢《あ》えて北條を見ずに尋ねる。

「もう東京に戻ってきて大丈夫なのか？」

「大丈夫って？」

「お祖父さん」

「ああ……、まあな。もうええねん」

珍しく歯切れの悪い返事だった。もしかしたら亡くなったのかもしれない。今も介護《かいご》が必要なら、大阪の本社に採用されておきながら、東京への配属を希望したりしないだろう。話を変えることにする。

「で？」

「でって？」

改めて北條に向き直ると、彼は首を傾げた。辛そうな顔をしていなかったことに、なぜかほっとする。

「さっき半分はって言っただろ。後の半分の理由は何だよ」

「そらもちろん、南に悪い虫がつかんようにしてたに決まってるやろ」

あっさり返されて、広記は瞬きをした。

そうだった。こいつがゲイなのか確かめたかったんだ。

「北條、おまえゲイなのか」

箸をおろして尋ねると、眼鏡《めがね》の奥にある一重《ひとえ》の双眸《そうぼう》が瞬きをした。刹那《せつな》、こちらの意図《いと》を探るように眼差しが尖《とが》る。

答えが知りたかったので視線をそらさずに見つめ返すと、北條はまた瞬きをした。そして細めていた目を元に戻す。

「南が好きやから、ゲイやと思う」

ニッコリと笑みを浮かべた北條に、広記は顔をしかめた。

「思うって何だ」

「俺、男は南しか好きになったことないから」

「男はって、女もあるんだろ」

「一応」

「じゃあバイじゃないのか？」

「けど本気で好きになったんは南だけやから」

あっさり言われて、広記はまじまじと北條を見つめた。この迷いのなさ、そして屈託《くったく》のなさを、どう解釈すればいいのだろう。いくら本気といってもストレートすぎはしないか。高校三年のとき、かわいい女の子が好きだと言った口調より、ずっとはっきりしている。

住所を突き止めるために尾行したり、バラの花を大量に送りつけたり、毎日メールを送ったり、積極的に食事に誘ってきたり。名前を呼ばれていたというだけで、カレシと誤解して取り乱したり。

普通、社会に出たら世間体《せけんてい》とか常識とか、いろんなシガラミに縛《しば》られて、学生の頃より慎重になるんじゃないのか？

北條は逆だ。高校の頃より今の方が、遥かにあけすけで大胆である。

「そこまで俺に本気だって言うんなら、何で高校の頃は行動に移さなかったんだよ」

純粋に疑問だったので尋ねると、北條は再びニッコリ笑った。

「十代の頃の俺は、自己保身とプライドの塊《かたまり》やってん。周りにゲイやて思われるんは嫌。自分からコクってふられるんも嫌。本気や思われて引かれるんも嫌。とにかく自分がカッコ悪いんは嫌。傷つくんも嫌。そんなんでは行動になんか移せんやろ」

北條が言っていることも、何となくわかる気もした。人を縛るのは、世間体や常識だけではない。十代だからこそ言えることもあれば、十代だからこそ口に出せないこともあるだろう。この男も、ごく普通の十代の若者だったのだ。

けど、それにしたってなあ。

「今のおまえには、自己保身とかプライドはないのか」

「ないな」

やけにきっぱりと即答されて、広記は呆気にとられた。北條はまたしても、ニッコリと笑みを浮かべる。

「ないよ〜。嫌や嫌や言うてても、ええことなんかひとつもない。自己嫌悪と後悔が残るばっかりや。てゆうことを、南と離れてた六年で思い知ってん。せやから東京戻ってきてすぐ高校の同級生に連絡しまくって、南が勤めてる会社教えてもろたんや」

うちの会社に電話してきたのって、偶然じゃなかったのか。

広記は驚いた。親しくしていた同級生には名刺を渡しておいたから、勤め先はすぐにわかっただろう。

それだけ本気だってことか……？

ニコニコと笑っている北條に、眉を寄せる。やはりいまいち信用できない。なにしろ高校の頃に一度、煮え湯を飲まされているのだ。

とりあえず、本気かどうかは置いといて。

俺と離れてた六年って、大阪ですごした六年だよな。

祖父の介護を手伝う中で、何かあったのかもしれない。亡くなったのだとしたら、祖父に対する後悔でもあるのだろうか。

沈黙をどう解釈したのか、北條は思いついたように横の椅子に手を伸ばした。置いてあった白い花束を、広記に向かってまっすぐ差し出す。

「ちゅうわけで、はい」

「はいって何だよ」

「プレゼント〜。今回は南をイメージして作ってもろてん」

照れる様子もなく言ってのけた北條と花束を、広記は交互に見比べた。

スラリと伸びた緑の茎《くき》と、飾《かざ》り気《け》のない白い花弁。確かカラーという名前の花だ。以前、結婚式の二次会用に作ってもらった花束の中に入っていたので、名前を覚えている。ラッピングも花に合わせてシンプルだ。

可憐《かれん》というより清廉《せいれん》という言葉が似合う花束の向こうで、端整な面立ちの男が嬉しそうに笑っている。

——バカだ。

我知らずため息が漏れた。嫌悪のため息ではない。あきれのため息だ。

「おまえ、俺が花もらって喜ぶと思ってんのか？」

「もろて嫌なもんとちゃうやろ？」

「嫌じゃなくても限度ってもんがあるだろうが。何なんだ、昨日の大量のバラは。邪魔になってしょうがねぇよ」

北條は花束を差し出したまま、も｜、わがままなんだから｜、という顔をする。

「そしたら南、何もろたら嬉しい？」

「そりゃ米とかビールとか、蟹の缶詰とか」

食《た》べ損《そこ》ねた蟹を思い出して付け足すと、北條は眉を寄せた。しかし花束は下ろさない。

広記はといえば、絶対に受け取らないぞ、という意志表示を込めて腕を組む。

「ビールじゃなくて発泡酒《はっぽうしゅ》でもいい」

「それ普通にお歳暮《せいぼ》やろ〜。てゆうかただの食料品やんか〜」

「おまえがもらって嬉しいものを言えって言ったんだろ」

「そうやけど〜」

米とビールてー、とぶつぶつつぶやく北條を見て、広記は笑ってしまった。

困ってやがる。

しかも花持ったままだし。

ボリュームのある花束は、恐らく見た目以上に重い。差し出し続けるのは辛《つら》いはずなのに、北條は花を置こうとしない。微《かす》かに腕が震えているのは、気のせいではないだろう。

こういう北條は、おもしろい。

「もうその話はいいから飲もうぜ」

「全然ええことない〜。なあ、他にほしいもんないんか？」

「ない。食いもんはいいぞ。花と違って食ったらなくなるから邪魔にならないし」

厭味半分で言ってやると、うう、と南は小さくうなった。

「南のそういうわがままで現実的なとこも好きやけど、俺のために何か考えて～」

「わがままって何だよ。わがままはおまえだろ。だいたい、何で俺がおまえのために考えなきゃいけないんだ。言っとくけど、俺は高校んときも今も、おまえのことなんか好きでも何でもないからな」

素《そ》っ気《け》なく言い放った広記は、わずかに震えている花束に手を伸ばした。北條の手から奪《うば》ったそれを、空いている隣席《りんせき》に置く。

北條が驚いたように目を丸くして一連の動作を見ているのが、視界の端に映った。

そういう顔も、おもしろい。

「邪魔」

視線をそらしたまま短く言って、ジョッキを手にとる。

「ごめんなさい」

北條は妙に素直に謝った。そして広記に倣《なら》ってジョッキを手にとり、ビールをあおる。

その口許が緩んでいるのを見咎《みとが》め、広記は彼をじろりとにらんだ。

「何笑ってんだよ」

「笑《わろ》てへん」

「笑《わら》ってんだろうが」

「笑《わろ》てへんて」

答えた北條の頰は、やはり緩んでいた。

広記が自分の口許も緩んでいることに気付いたのは、ジョッキを唇につけたときだ。

本気の北條はおもしろい。

おもしろい北條は、悪くない。


「ただいまー」

誰もいない部屋に向かって習慣となっている挨拶《あいさつ》をしながら、広記はドアを開けた。途端にバラの香りが押《お》し迫《せま》ってきて、うぅ、とうめく。

忘れてた。部屋ん中バラだらけだったんだ。

密閉《みっぺい》されていたせいで、朝よりも香りが強くなっている。

広記は明かりをつけてすぐ、キッチンの換気扇《かんきせん》をまわした。低いうなり声をあげて回転する羽を見上げ、ほっと息をつく。視線を下ろすと、手に持っていたカラーの花束が目について、二度目のため息が漏れた。

また増えた……。

捨てるか突き返すかしてもよかったのに、結局、持って帰ってきてしまったのだ。

居酒屋を出る際、受け取ってくれるんやー、と北條は嬉しそうに笑った。悪いのはおまえで花は悪くないからな、と素っ気なく応じると、今度は瞬きをした。そして目を細めてこちらを見下ろしてきた。

南、カッコエエなあ。惚《ほ》れそう〜、てもう惚れてるけど〜。

ああいう言い方は、本気なのか冗談なのか、やっぱりわかりにくい。

「つーか、どうすんだこれ。もう入れる物ないんだけど」

ぼやきながらローテーブルを見下ろす。

そこは既に、もらい物の煎餅《せんべい》の詰め合わせが入っていた缶に活《い》けたバラが占拠《せんきょ》していた。真紅《しんく》のバラと、側面《そくめん》に『煎餅』という毛筆《もうひつ》書きの文字が入った銀色の缶はちぐはぐだが、花瓶《かびん》がなかったので仕方がない。ちなみに残りのバラは、箱に入れたままになっている。

「めんどくせぇなあ……」

ひとりごちてため息を落とし、広記はローテーブルの端に花束を置いた。

他に活けられるものはなかったかと、キッチンの下の扉を開ける。奥の方に、私はこういうシャレた物は使わないからと母親に押し付けられた、ケトルの箱が見えた。

あれなら使えるか。

その存在すら忘れかけていた箱を取り出し、薄く埃《ほこり》をかぶった蓋《ふた》を開ける。

取り出したケトルは、鮮《あざ》やかな黄色だった。細長いタイプで、丸いやかんに慣れた人間には、確かに使いづらそうだ。

バラだと赤と黄色で目がチカチカしそうだけど、白い花には合うかも。

水道水を入れたケトルを手に白い花束に歩み寄り、ラッピングを剝《は》がして放り込む。

改めてケトルを床に置いた広記は、少し離れた場所から即席《そくせき》の生《い》け花《ばな》を眺めた。

「おお、いいじゃん」

我知らずつぶやいたそのとき、初めて自分が鼻歌を歌っていたことに気付く。いつのまにか顔全体が緩んでいたことにも気付いて、慌てて引きしめた。

何でこんな上機嫌なんだ俺。

適度に入ったアルコールのせいか。それとも、今日の北條がおもしろかったからか。

どちらも事実だが、鼻歌を歌うほどのことではないだろう。そもそも鼻歌自体、ここ最近歌ったことがない。最初に勤めた会社が倒産して職を失ってからずっと、追いつめられている感じが消えなくて、常に不安だった。そんな状態で鼻歌など出るわけがない。

今の会社に入って一年ぐらい経《た》ったし、仕事にも少しは慣れたし、落ち着いてきたのかも。

だから気分がいいのだろう。

きっとそうだと結論づけ、広記は黄色いケトルに活けられた白い花を見つめた。

今回は南をイメージして作ってもろてん。

どこか自慢げな口調が耳に甦《よみがえ》る。

「バカだな、あいつ」

男を花にたとえるなんて、本当にバカだ。

ふ、と笑いが漏れると同時に、コートのポケットに入れておいた携帯電話が鳴った。仕事関係のメールが届いたときの着信音だ。

取り出した携帯の画面に出ていたのは、北條の名前だった。ボタンを操作《そうさ》し、メールを開く。

今日は一緒に飲んでくれてありがとう。ほんまに、マジで嬉しかったです。今度の土曜日、名簿渡す日やけど、魚沼《うおぬま》産のお米をプレゼントするから、また一緒に飲んでください。

文末には、茶碗《ちゃわん》に山盛りになった白米《はくまい》の絵文字と、ジョッキで乾杯している絵文字、そしてまたご丁寧に、ハートマークが入力されていた。ご飯の絵も乾杯の絵もひとつなのに、ハートだけ三つも表示されている。

絵で主張すんなよ。ガキか。

ふ、とまた笑みが漏れる。

自分が漏らしたその微《かす》かな笑い声で、広記は我に返った。

――待て。ここはあきれるか嫌がるか、どっちかだろ？　ふって何だ、ふって。

いくらおもしろいといっても、北條に恋愛感情を持っているわけではないのだ。親しい友人ですらない。それなのに、こんな反応はおかしい。

しかめっ面《つら》になった広記は、乱暴に携帯電話を折りたたんだ。必要以上に笑ってしまうのは、きっとアルコールのせいだ。風呂にでも入れば、少しは正気に戻るだろう。

よし、と頷いてバスルームへ向かう。

部屋へ入ったときに強く感じた花の香りは、いつのまにか気にならなくなっていた。


「ごめんなさいね、また面倒《めんどう》なことをお願いして」

正面に腰かけた老婦人が眉を寄せるのに、いいえ、と広記《ひろき》は笑顔で応じた。

「面倒だなんてとんでもございません。こちらこそ、また当社をご利用いただけて光栄です」

依頼者である女性が指定してきた場所は、古い喫茶店だった。大きな窓に面した席は、穏《おだ》やかな陽光が差し込んでいて暖かい。

店内に流れているのはクラシック音楽である。日曜だというのに若者の姿はなく、壮年《そうねん》以上の客ばかりだ。スーツ姿で、しかも若い広記は、少々浮いている。

北條《ほくじょう》だったら、きっと馴染《なじ》むんだろう。

昨夜《ゆうべ》、一緒に飲んだ北條の顔が思い出された。

北條にカラーの花束を渡されてから、二十日ほどが経《た》つ。クラス名簿を預かった後は、出欠の確認をとった同窓会用の名簿ができるまで、幹事代行業者としては北條と会う必要はない。が、週に一度か二度は飲みに行っている。

当然といえば当然だが、誘ってくるのは北條だ。今日は米買《こ》うたでーとか、ビールをプレゼントーとか、色気のないメールが届く。そして実際、北條はバカ正直に米やビールを持ってくるのだ。しかもアクセサリーでも包装するように、きれいにラッピングしてくる。話を聞くと、どうやら自分で包んでいるらしくて驚いた。その上、『本気の愛を込めて、北條礼一《れいいち》』と書いたメッセージカードを添《そ》えるのも忘れない。

北條と飲みに行くのは、おまえに恋愛感情はないときっぱり告げても、それでもええから～と彼がしつこく誘ってくるため、拒絶するのが面倒になってしまうせいもある。学生の頃ならともかく、今は基本週休一日で、朝早くから夜遅くまで働いているのだ。余分なパワーは残っていない。

しかしもちろんそれだけではなく、北條の言動《げんどう》がおもしろいので、まあいいか、と思ってしまうことも一因だ。ちなみに米とビールには手をつけていない。彼の本気に応えられない自分が、腹に収めてはいけないと思った。

花で金使って、またビールとかで金使って大変だろ。何回も言うけど、俺はおまえに恋愛感情はないんだ。無駄遣《むだづか》いはやめとけ。

三度目に飲みに行ったときに言うと、北條は嬉しそうに笑った。

無駄遣いちゃうでー。南がどう思《おも》てでもええねん。プレゼントは俺の本気の愛の印《しるし》やから。でも南のそういう優しいとこ好き～。

脳裏を占拠《せんきょ》した北條の嬉しそうな顔を、広記は強引にかき消した。

何で余計《よけい》なもん思い出してんだ。

今は仕事中だ。

「大学時代の先生の米寿《べいじゅ》のお祝いだなんて、素敵ですね」

意識して柔らかな口調で言うと、老婦人は微笑《ほほえ》んだ。紅茶を口許《くちもと》に運ぶ仕種《しぐさ》は上品で愛らしい。

「本当にお元気で、教え子の私たちも顔負けよ。でも、お年がお年でしょう？　だからそういった気配りを、きめ細かくしてくださるところにお願いしたくて」

ありがとうございます、と広記は再び頭を下げた。

「ご要望がありましたら、どんなことでもおっしゃってください。参加された皆さんに楽しんでいただけるように、精一杯お手伝いいたします」

「ありがとう。よろしくお願いしますね」

パステルピンクのセーターが似合う老婦人は、ニッコリ笑った。

若い頃、高校で教鞭《きょうべん》をとっていたという彼女には、去年の秋に高校の同窓会の幹事代行を依頼された。大きなホテルの広間を貸しきってのフォーマルな会で、そうした幹事代行の担当が初めてだった広記にとっては学ぶことが多く、強く印象に残っている仕事である。今回、担当はぜひ南《みなみ》さんで、とのご指名だったから、広記の仕事ぶりを気に入ってくれたのだろう。とうとう指名がきた！　と根本《ねもと》も自分のことのように喜んでくれた。

「この前みたいに大人数じゃないし、小さくて落ち着ける場所がいいわね」

女性はチェーンで首に下げていたレンズを手にとり、書類の文字を拡大《かくだい》する。もともと文字や絵を大きめに印字しておいたので、読みにくくはないはずだ。

「でしたら、式場かレストランをおすすめします。お食事はいかがいたしましょう。洋食がよろしいですか？　それとも和食がよろしいでしょうか」

「そうねえ。和食がいいわ」

「和食でしたら、こちらがおすすめです。料理で季節を楽しめると評判ですし、店内はバリアフリーになっておりますので安心ですよ」

広記はゆっくりとしたテンポで言葉を紡《つむ》ぐ。相手がどんな人で、どんな態度でも、焦《あせ》らない、慌てない。この一年で学んだ接客態度だ。

「それはいいわね。あ、そうそう。硬いものは出さないでもらえるかしら。あと、人によっては塩分と糖分を控《ひか》えていただきたいの。こちらのお店、そういうお願いは聞いてくださる？」

「ええ、もちろんです。事前にご希望をおっしゃってくだされば料理長にお伝えして、その通りの料理をご用意します」

大きく頷いてみせると、彼女はふと顔を上げた。視線を感じて、広記も顔を上げる。

するといと彼女はニッコリ笑った。

「南さん、前にお会いしたときと少し印象が違うわね」

「え、そうですか？」

「ええ。真摯《しんし》にお話ししてくださるのは変わらないけれど、随分と明るい感じがするわ。かわいい人でもできたのかしら？」

悪戯《いたずら》っぽい問いかけを不快には思わなかった。それどころか、先ほど消したはずの北條の顔が唐突に脳裏に浮かんで、ぎょっとする。

何で北條が思い浮かぶんだよ。

──しかも顔まで熱くなるって、どういうことだ。

「あら、やっぱりそうなの？」

「あ、いえ、そんなことは……」

口ごもると、彼女は楽しげに笑った。

「だめよ、否定なんかしちゃ。恋人に失礼でしょ」

冗談めかした口調に、はあ、と曖昧《あいまい》に頷く。断じて恋人などではないと否定したいところだが、顔を赤くして主張したところで、この老婦人には通用しないだろう。

「いいわねえ、若い人は。大事にしてあげてね」

苦笑と共に、はいと頷く。

再びニッコリ笑った老婦人は、ちょっとごめんなさいね、と断って席を立った。バッグを手に化粧室へ向かう彼女を見送り、思わずほっと息をつく。

かわいい人ってな……。

脳裏に浮かんだままの北條の笑顔を、再び追い払う。

北條と一緒にいると、確かにおもしろい。

けど全然かわいくないし、恋人でもないし、恋人でもないのにかなりめんどくせぇし。

とはいえ、高校のときのマイナスイメージは、この数週間でかなり払拭《ふっしょく》された。友達としてなら嫌いではないと思う。

おもしろいって思ってる時点で、けっこう好きなのかもな……。

苦笑しながら、すっかり冷めてしまったコーヒーを口に含む。ふと視線を上げた広記は、危うくそのコーヒーを噴《ふ》きかけた。

柔らかな日差しに満ちた窓の向こうにいたのは、たった今つらつらと思いを巡《めぐ》らせていた北條礼一だったのだ。

平日にかけているワイヤーフレームの眼鏡ではなく、セルフレームの眼鏡をかけている。窓の下半分がすりガラスになっているため、ジャケットの胸から下は見えなかったが、休日のリラックスした服装であることはわかった。

まさか俺をつけてきたのか？

どうにか噴かずに済んだコーヒーを飲み込み、広記は身構えた。

しかし北條は、目を合わせることも隠れることもしなかった。立ち止まって誰かに話しかけている。いや、呼んでいるのか。ガラスが厚いせいで、声は聞こえない。

我知らずじっと見つめていると、右手から若い女性が現れた。緩《ゆる》くパーマがかかったこげ茶色のロングヘアが似合う、愛らしい面立《おもだ》ちの女性だ。

彼女に見覚えがある気がして、広記は眉を寄せた。

どこかで見た顔だ。どこで見た？

ふいに頭に閃《ひらめ》くものがあった。

――思い出した。あのコ、高三の夏休みに北條と並んで歩いてたコだ。

人の顔を覚えるのは得意なのだ。髪型は違うが、あのときの女の子に間違いない。

駆け寄ってきた彼女を、北條は笑顔で迎えた。十センチほど低い位置にある頭を、ポンポンと柔らかく叩く。

女性は嫌がらない。それどころか、楽しげに笑って北條の腕を引く。北條は抗《あらが》わず、彼女に引っ張られるようにして歩き出した。

二人の姿が視界から消えても、広記は窓を凝視したままでいた。

高校のときと同じで、女性は姉妹には見えなかった。

やっぱり、カノジョ、だよな……。

あの頃から、ずっと付き合ってたのか。

刹那《せつな》、胸の辺りがつまるような感じがした。窓に釘付《くぎづ》けになっていた視線を引《ひ》き剝《は》がすと同時に、腹の底から怒りが込み上げてくる。

あいつ、やっぱりふざけてやがったんだ。何が本気の愛だよ。嘘ばっかかつきやがって……！

「南さん？　どうかなさったの？」

声をかけられて、広記はハッとした。化粧室から戻ってきた老婦人が、心配そうにこちらを見下ろしている。

やべ。仕事中だった。

いつのまにか限界まで寄せていた眉と、きつく握りしめていた拳《こぶし》の両方を、慌てて解く。

「いえ、ちょっと日差しが眩《まぶ》しくて。こうしてると暖かくて、春みたいですね」

「ほんと、今日はいい天気ねえ。早く本物の春がきてほしいわ」

にこやかに言葉をかわす。

しかし胸がつまったような感じは、一向《いっこう》に解消されなかった。

別に、北條にカノジョがいたってどうってことないけどな。

ほどよく焼けた魚の身をほぐしながら思う。ほくほくと湯気《ゆげ》をたてる白い身は、脂《あぶら》がのっていて旨《うま》そうだ。食べたくなるのを我慢して、全部ほぐすべく箸《はし》を動かす。

高校の頃の恋人と今も続いていたことには驚いたが、彼女の存在そのものは、当時から知っていたのだ。今更ショックを受けることではない。

東京へ戻ってきたのも、配属希望地がどうこうではなく、ただの転勤だったのだろう。同級生に広記の勤め先を聞いたと言っていたが、それもきっと嘘だ。たまたま東京へ転勤になって、たまたま広記に巡り会った。その偶然を利用して再びからかうために、追いかけたように装《よそお》ったに違いない。

ていうかそれ以前に、高校の頃に俺を本気で好きだったってのも嘘か？　お祖父《じい》さんの介護《かいご》のために大阪の大学を選んだって話も嘘か。

ただ単に東京の大学を受験したけど、ひとつも受からなかったってだけかも。

「南、南！」

コンコン、とテーブルを強く叩かれ、広記は驚いて顔をあげた。

正面に腰かけた北條がこちらを覗《のぞ》き込《こ》んでいて、思わず顎《あご》を引く。

「何だよ」

「やっぱり聞いてへん～。ちゃんと聞いといてや～。もう最初からは話したげへんでー」

カレシに放っておかれたカノジョのような物言いに、広記は眉を寄せた。

……何だこれ。めんどくせぇ。

喫茶店の窓の向こうに北條と女性を見つけてから、三日が経った。北條と二人で飲んでいるのは、彼にカラーの花束をもらった居酒屋である。

月曜と火曜に、元気？　俺は元気やけど南に会いたいです、という他愛《たわい》ないメールがきたが、仕事が立て込んでいて忙しいとだけ返した。実際、手が足りないからとイベントの運営に駆り出され、二日とも深夜に帰宅した。

三日目の今日、飲もうという北條の誘いに乗ったのは、電話やメールではなく、本人に直接問《と》い質《ただ》そうと思ったからだ。この間からおまえが言ってる本気は、本当なのか、という質問をはじめ、つい先ほど焼き魚の身をほぐしながら考えていた疑問を全てぶつけるつもりだった。

それなのに、気付けばただ飲んでいる。

何やってんだ、俺は。

「あー、ため息ついたー、ひどいー」

「うるせぇ」

ぶっきらぼうに言って、ほぐした身を口に入れると、北條は小さく笑った。

ムッとして、何だ、と短く問う。

「や、南、けっこう不器用やな思《おも》て」

北條の言葉に、広記は皿を見下ろした。丁寧にほぐしたつもりなのに、骨のところどころに身が残っている。ほぐした身そのものも、お世辞《せじ》にも美しいとは言えない。

そういやこいつは、やけにきれいに魚を食べてたっけ。

輪をかけてムッとしていると、北條はまた笑った。

「どないしてん。仕事で嫌なことでもあったんか？」

穏やかに問われた瞬間、女性に笑いかけていた北條の顔が頭に浮かんだ。その顔に、高校生だった北條の、柔らかな笑みが重なる。

バカか俺は。これは仕事じゃねぇだろ。

頭の中から北條の笑顔を追い出し、素っ気《そけ》なく答える。

「別に嫌なことなんかない。ただ、ここんとこ忙しかったからな」

「そおかー。お疲れさまー」

「おまえだって忙しかったんだろうが」

月曜と火曜にメールはきたが、飲もうとは誘われなかった。今日も駅前で待ち合わせたのは夜の九時だ。定時に帰れたわけではないことは容易《ようい》に知れる。

しかし北條はため息を落とすでもなく、さらりと言った。

「まあ、それなりにな。けどこういう時代やから、仕事あるだけありがたい思てる」

もっともらしいこと言いやがって。

どこまで本気だ。――どこから嘘だ？

「北條」

「うん？」

「……おまえ、兄弟いるのか」

口から出てきたのは、本当に尋ねたいことからは離れているものの、まるきり別物ともいえない微妙な質問だった。

唐突な問いかけに一瞬、きょとんとした北條だったが、すぐにニッコリ笑う。

「おらん。俺一人っ子や」

やっぱりそうか、と広記は心の内だけでつぶやいた。日曜に見た女性は、彼の妹や姉ではなかった。やはり恋人だったのだろう。

また胸がつまる感じがして眉を寄せる。鉛《なまり》の球を飲んだような重苦しさを押し流すために、焼酎《しょうちゅう》をあおった。

「何？　南、やっと俺に興味湧《わ》いてきたんか？」

「湧くかバカ」

嬉しそうな北條に毒づく。

くそ。消えねぇ。

残っていた分を一気に飲みほしたのに、胸は重いままだ。

「そんなに興味あるんやったら、今度の土曜日にデートしよー。ドライブでもええし映画でもええし一。南、行きたいとこある？」

「興味なんかないって言ってんだろうが。何がデート」

だよ、と言いかけて、広記は口を噤《つぐ》んだ。

今、北條は土曜日と言った。

一ヵ月ほど前、最初にカフェで打ち合わせをしたのも土曜だった。日曜に候補の店を案内すると申し出た広記に、彼は予定があると言って断った。その次に会ったのは金曜。ストーカーの如《ごと》くマンションの前に立っていたのは土曜日だ。日曜にはバラが贈られてきたが、姿は見ていない。その次に会ったのは月曜で、クラス名簿を受け取ったのは土曜である。北條が土曜日に、と指定してきたのだ。その後、何度か飲みに行ったが、全て平日か土曜日だった。

自分が日曜日に休めることが少ないため、今まで意識しなかったが、日曜には一度も北條を見ていない。

例外は先週の日曜日だけだ。北條が女性と一緒にいるところを、偶然見かけた。

「南？」

急に黙り込んでしまったせいだろう、北條が訝《いぶか》しげに呼ぶ。

「どないしてん」

心配そうに眉をひそめた北條を、広記はまっすぐに見つめた。

「デートしてやってもいい」

「えっ、マジで？」

「ああ。ただ、土曜日は仕事があるからだめだ。日曜なら空《あ》いてる」

きっぱりと言い切る。今週の日曜が空いているのは本当だ。久々の、日曜の休日である。

さあ、どう答える。

北條の反応を窺《うかが》う。

すると彼は、うーん、とうなった。視線をそらし、考え込むように首をひねる。

「日曜かー」

「日曜はだめか？」

できる限りさりげなく尋ねると、北條はまた、うーんとうなった。そのうなり声が、胸につまった鉛の球を更に重くする。

なぜか北條を見ていられなくて、広記は視線を落とした。

――これで決まりだな。

再会してからの北條の言動を考えれば、ここは二つ返事でいいよと即答する場面だ。それなのに、渋《しぶ》るようなこの態度。きっと日曜に見た女性と先約があるのだろう。

結局俺は、こいつに振りまわされただけだったんだ。信じたのに、また裏切られた。

いろいろな経験をして高校の頃より大人になったと思っていたが、とんでもない。

俺はあの頃と何も変わってない。

北條に対する怒り。己《おのれ》に対する嫌悪《けんお》と情けなさ、悔しさ。どれともつかない感情が込み上げてきて奥歯をかみしめたそのとき、ん、と北條が頷いた。

「わかった。日曜にデートしよう」

え、と思わず声をあげて北條に向き直る。

すると、え、と北條も声をあげた。

「何？　デートしてくれるて嘘なん？」

「や、嘘じゃないけど……。おまえはいいのかよ」

尋ね返した口調は、ひどく歯切れの悪いものになった。

しかし北條は少しも気にしなかったらしい。ニッコリと笑う。

「ええに決まってるやろー、やー、嬉しいなあ。居酒屋デートもええ感じやけど、そればっかりでは色気がない思てたからー」

居酒屋デートって何だ、とツッこむことも忘れ、どこ行こかなー何着てこうかなー、と楽しげにつぶやく北條を、広記は半《なか》ば啞然《あぜん》として見つめた。

そんな簡単にいいって言ったらだめだろ。カノジョに何て言い訳すんだ。

先に約束した方を優先しろよ、と説教を垂《た》れそうになる口をどうにか引き結んでいると、北條がこちらに身を乗り出してきた。

「なああ、南はどこ行きたいー？」

「別に、どこでもいい」

デートしてやってもいいと言ったものの、具体的なことは何も考えていなかったので、口ごもるように答える。

すると北條は、カレシに甘えるカノジョのように唇を尖《とが》らせた。

「そんなやる気のないこと言うてー。初デートやで、初デート。二人の大事な思い出になるんやから、もっと真剣に考えてくれんとー」

……こいつ、マジでめんどくせぇ。

おのずとため息が漏《も》れた。

「おまえが行きたいとこに行けばいいだろ」

「えー、南がそんでええんやったらそうするけど。後で文句言うんはなしやで」

「言わねぇよ」

短く答えた広記は、内心で首を傾《かし》げた。この迷いのなさを、どう解釈すればいいのだろう。

日曜に見た北條と女性は何だったのか。もしかして見間違いだったのか？

いや、俺はこいつと違って目はいい。

窓越しとはいえ、街中にあっても目立つ長身のこの男を見誤《みあやま》ったりしない。

それに北條は、日曜に会うのを渋った。すぐには返事をしなかった。

デートの計画を立て始めた北條を横目で見遣《みや》る。語る口調も、端整な面立ちを彩《いろど》る笑みも、実に楽しそうだ。後ろめたさなど微塵《みじん》も感じられない。

何がほんとで、何が嘘なんだ。

日曜は見事なほどの晴天だった。土曜に降り続いた雨が嘘のように、空には雲ひとつない。おかげで厚手《あつで》のコートではなく、薄手の上着で出かけても寒くはなかった。

ていうか、すげぇ暑いんだけど。

アンダーシャツがうっすらと汗ばんでいるのを感じながら、広記《ひろき》は目の前に広がる光景をぼんやりと見つめた。

時刻は午後二時。場所はデパートの特設《とくせつ》会場である。どの店にも、『St. Valentine's day』と記《しる》された飾りつけが施《ほどこ》されていた。チョコレートの甘い香りに包まれた会場には多くの女性客がつめかけており、熱気に満ちあふれている。

行き先はどこでもいいって言ったのは確かに俺だけど、何でこんなとこに来なくちゃならないんだ。

「うわー、混んでるなあ」

ここへ連れてきた張本人である北條《ほうじょう》の、間延びした関西弁が降ってきて、広記は思い切り顔をしかめた。

今日の北條はセルフレームの眼鏡をかけている。ジャケットにジーンズという格好《かっこう》だが、容《よう》姿《し》が容姿だけに目立っていた。

ていうかそれ以前に、バレンタインのチョコ売り場に男が二人でいるっていう状況そのものがおかしいんだよ。

最近話題の『逆チョコ』だが、世間にはまだそれほど浸透していないらしい。ざっと見渡しても、カップルや夫婦連れはちらほらいるものの、男だけで来ている者は皆無《かいむ》だ。

一緒に出かける約束をした水曜から今日まで、北條がいつキャンセルしてくるかと携帯をチェックする毎日だった。胸がつまったような感じは、その間ずっと続いており、食欲が落ちてしまった。

結局、北條からは断りの電話もメールもなかった。それどころか日曜が楽しみだというメールが何度かきた。

今朝、約束の時刻の十分前に車で迎えに来た北條が、ニコニコと笑っているのを見た瞬間、反射的に彼の胸倉をつかみそうになった。

おまえ、カノジョはどうしたんだよ。俺なんかにかまってないでとっとと帰れ、かわいそうだろ。

広記は口にしかけた言葉を既《すんで》のところで飲み込んだ。

——この言い方だと、何か拗《す》ねてるみたいじゃないか？

もっと他にうまい言い方はないものかと考えているうちに、助手席に乗せられた。上機嫌の北條が向かったのはデパートだった。いかにもデートスポットといったテーマパークや遊園地、水族館に連れて行かれなくてほっとしていたら、この有様《ありさま》だ。

「さあ、行くで南《みなみ》」

強く腕を引っ張られ、広記はムッとした。

「行くってどこへ」

「チョコ売り場に決まってるやろ」

「……おまえ一人で行けよ」

北條が甘いもの好きとは知らなかった。いくら好物《こうぶつ》でも、わざわざバレンタインデーのチョコ売り場で買わなくてもいい気がするが、ここでしか手に入れることができない限定品でもあるのかもしれない。

けどそれに俺を巻き込むな。

「俺はここで待ってるから、好きなだけ見てくればいいだろ」

腕をつかむ手を振り払うと、北條はわざとらしいため息を落とした。鈍感《どんかん》なカレシを責めるカノジョのように、もー、全っ然わかってないんだからー、という顔をする。

「俺が自分に贈るチョコ買《こ》うてもしゃあないやろ。南が俺に贈るチョコを、南が買《か》うの」

広記はまじまじと北條を見上げた。北條はやはり、鈍感なカレシに向けるカノジョの顔で見下ろしてくる。

「……俺が？」

「南が」

「おまえに？」

「俺に」

「贈る？」

「そう。バレンタインに、南が、俺に、贈るねん」

幼子《おさなご》を諭《さと》すように、北條は一語一語を区切って言う。

広記は無言でまわれ右をした。

「あっ、コラ、どこ行くねん」

逃げようとしたが、間に合わなかった。がっちりと腕を捕獲《ほかく》されてしまう。

「バカかおまえはっ。何で俺がおまえにチョコをやらなきゃいけないんだよ」

「えー、デートしてくれたってことはそういうことやろー。南、バレンタインデーのこと完全に忘れてるみたいやったから、俺気ぃきかしてんでー」

「そんなもんきかすな。俺は帰る」

つかまれた腕を取り返そうとすると、北條はじろりとこちらをにらんだ。

「俺が行きたいとこへ行ったらええて言うたくせにー」

う、と広記は言葉につまった。

「後で文句言わんて言うたくせにー」

——確かに言った。言ったけれど。

行きかう女性客たちの好奇の視線を痛いほど感じつつ、広記は必死で考えを巡《めぐ》らせた。ただでさえ暑かったのに、顔が火照《ほて》ってきたせいで余計《よけい》に暑く感じる。北條に贈るチョコを買うのは絶対に嫌だが、ここで見世物《みせもの》になるのも本意ではない。

「行き先はおまえの好きにすればいいって言ったけど、おまえの言うことをきくとは言ってない」

へ理屈のような気もしたが、どうにか言い切る。

すると北條は瞬《まばた》きをした。

「なるほど。確かにそれは言うてへんな」

「だろ」

これで逃《のが》れられると安堵《あんど》の息をついたそのとき、なぜか腕をつかむ北條の手に力が入った。

ぎょっとして仰《あお》ぎ見《み》ると、端整《たんせい》な面立《おもだ》ちに鮮《あざ》やかな笑みが浮かぶ。

「行き先に文句言わんてことは、チョコ売り場歩くだけやったら大丈夫やんな？」

「えっ、いや、それは……」

「ええよな、歩くだけやもんな。俺がチョコ買《こ》うて南に贈るから、見るん付《つ》き合《お》うて〜」

「ちょ、待てコラ、北條！」

北條に引っ張られ、広記は会場へと足を踏み入れた。

北條の足取りに迷いはない。大勢の女性に見られているというのに、うつむく素振《そぶ》りもなかった。あまりにも堂々としているため、逆に怪しまれずに受け入れられている様子が、高校時代を思い起こさせる。

広記はふいに、ここ数日ずっと胸につまっていた鉛《なまり》の球が、喉元《のどもと》までせり上がってくるのを感じた。それを必死で飲み込みながら、先を歩く男に悪態《あくたい》をつく。

このバカ。もしカノジョと鉢合《はちあ》わせとかしたら、どうするつもりなんだ。

「お、これ旨《うま》そう〜。ショコラクッキーやってー。あ、こっちもええなあ」

ショーケースを覗《のぞ》き込《こ》んだ北條が嬉しそうな声をあげたそのとき、彼のジーンズのポケットで軽《かろ》やかな音楽が鳴った。

刹那《せつな》、く、と北條の形の良い眉が寄ったのを、広記は見逃《みのが》さなかった。

すぐ笑顔に戻った北條は、まだつかんでいた広記の腕を離す。

「ちょっとごめん。すぐ戻ってくるからー」

それだけを言って、北條は広記の返事を待たずに踵《きびす》を返した。歩き出すと同時にポケットか

St. Val

ら携帯電話を取り出し、素早く耳にあてる。どないした、エミ、と呼びかける声が微《かす》かに聞こえた。振り返らない背中は、人ごみの向こうへどんどん遠ざかる。

一人残された広記は、ただ突っ立っていた。こげ茶色のロングヘアの女性の笑顔が脳裏《のうり》に浮かぶ。

あのコ、エミっていうのか……。

きっと約束をキャンセルされた彼女が、怒って電話をかけてきたのだろう。

北條の奴、どうせなら俺との約束をすっぽかせばよかったのに。俺はもともと北條が嫌いだったんだから、もっと嫌いになったところで嫌いが重なるだけで、どうってことない。

――けど、嘘をつかれたことは腹が立つ。

仕事の依頼者って立場を利用して、また俺をからかって。

何が本気だよ。どこが本気だ。

胸につまっていた重いものは、いつのまにか熱いような冷たいような、どちらともつかない激情に変化していた。全身にいき渡ったそれに突き動かされ、歩き出す。

もはやここにいる必要などない。帰ろう。

ただし、あいつを一発殴《なぐ》ってからだ。

大股《おおまた》で特設会場を出た広記は、壁際にいる北條を見つけた。

こちらに背を向けた彼は、まだ携帯電話で話している。周りがうるさくて聞こえにくいとでも言われたのか、声を抑《おさ》えてはいない。

「とにかくいっぺん俺らで探そう。警察に連絡するんは、それからでも遅《おそ》ないから」

警察って、何かあったのか？

不穏な言葉に眉を寄せつつ距離をつめる。

「わかった。エミこそ気ぃ付けてな。心配せんかて大丈夫やて、子供やないんやから」

できる限りゆっくり話しているのが伝わってきた。電話の相手を宥《なだ》めるだけでなく、自分自身をも落ち着かせようとしているようだ。

「——ん、そうしよう。何かあったらすぐ連絡くれ。こっちも連絡するから。そしたらな」

北條はようやく携帯電話を耳から離した。大きく息を吐いて通話を切り、振り返る。

広記が近寄ってきていることに気付いていなかったらしく、彼は目を見開いた。心なしか顔色が悪い。

「ごめん、南。急用ができて、どうしても帰らなあかんねん」

いかにも申し訳なさそうに言った北條を、広記は正面から見上げた。今し方まで思い切り殴ってやろうと握りしめていた拳は、出さなかった。

高校の頃なら、相手にどんな事情があろうと激情に任せて殴っていた。しかし警察という言葉を聞き、北條が色を失っているのを見てしまった以上、こちらの都合で彼を傷つけるわけにはいかない。

やるなら、こいつがトラブルを解決してからだ。

「あの、南。ほんまごめんな」

沈黙したまま微動《びどう》だにしない広記に不安になったのか、北條は再び謝る。眼差しは真摯《しんし》だが、体はそわそわと落ち着きがない。早く彼女の元へ行きたいのだろう。

やっぱりそうか、と心の内だけでつぶやく。

やっぱりおまえは、俺をからかってただけなのか。

「謝らなくていい」

低いが、冷静な声が出た。

安堵の表情を浮かべた北條に、顎《あご》をしゃくってみせる。

「さっさと行け」

「うん。ありがとう。あの、ほんまにごめんな、また連絡するから」

軽く手をあげるなり、北條は駆け出した。女性客と軽くぶつかって、すんませんと慌てて謝ったものの立ち止まらない。電話がかかってきたときと同じで、広記をちらとも振り返ろうとしなかった。広い背中は人ごみにまぎれ、あっという間に見えなくなる。

ああ、やっぱりそうなのか。

北條が去った方を見つめたまま、広記はまた心の内でつぶやいた。どこまで本気で、どこから嘘、というレベルではなかった。全部、嘘だった。

高校のときと同じだ。俺はまた騙《だま》された。

腹に渦巻《うずま》いていたはずの怒りが、なぜか突然、両目の奥に宿《やど》った。キリ、とそこが鋭《するど》い痛みを訴《うった》える。

……何だこれ。

歪《ゆが》んだ顔をさらしたくなくて、広記はうつむき加減で歩き出した。

こたつに入った広記は、ぼんやりと雑誌を見下ろした。仕事の参考にするために購入した情報誌だが、内容は少しも頭に入ってこない。

デパートを出た後、どこかをぶらつく気には到底《とうてい》なれず、まっすぐ帰宅した。チョコレート売り場で感じた激情は、今はとりあえず静まっている。消えてしまったのではない。時間の経《けい》過《か》と共に、腹の底に沈殿《ちんでん》した感じだ。

からかったあいつが一番悪いけど、騙された俺も悪いよな。

高校の頃に一度、北條を信じかけたまさにそのとき、全て嘘だと知った。彼がふざけた男だということは、身に染《し》みてわかっていたのだ。それなのに、高校のときとは異なる面を少し見せられただけで気を許してしまった。

……ほんとに学習してねぇな、俺。

深いため息が漏れた。感情に任せて北條を殴らなかっただけ、まだましだと思うしかない。

ちらと時計を見上げると、四時半をすぎたところだった。窓から差し込む光は傾き、夕暮れ色に染まりつつある。室内の気温も、少しずつ下がってきたようだ。

北條は今頃、彼女と一緒にいるだろう。何があったのかは知らないが、警察に届けを出すような事態になっていなければいいのだが。

そんなことになってたら、思う存分殴れねぇし。

北條がからかっていようがいまいが、請《う》けた仕事は最後まできちんとする。プライベートと仕事を一緒にするような真似《まね》はしない。

しかし殴らなければ、今まさに腹の底で不完全燃焼している怒りを消すことはできそうになかった。

殴ってスカッとして、からかわれたことは忘れる。もう仕事以外では会わない。同窓会が済んだら、北條のことは全部忘れる。

そして二度と会わない。

「……一生会わない」

小さくつぶやいたそのとき、ピンポーン、とふいにチャイムの音が鳴った。ギクリと体が強《こわ》張《ば》る。返事をしないでいると、南、と呼ぶ声が聞こえてきた。

――北條だ。

ピンポーン、とまたチャイムが鳴る。

「南、俺、北條」

広記はこたつに入ったまま息を潜《ひそ》めた。ただじっと玄関のドアを見つめる。

ここへ来たということは、トラブルは解決したのだろう。からかうことが目的の相手にわざわざ会いにくるなんて、ご苦労なことだ。

今ならもう殴ってもいいよな。殴って終わりにしよう。

そう思うのに、体が動かない。

「南、おらんのか？」

再び呼ぶ声が聞こえ、ドアのノブがまわった。が、鍵をかけていたため開かない。ガチャガチャという耳障《みみざわ》りな金属音が部屋に響く。

しばらくすると音はやんだものの、北條が立ち去る様子はなかった。マンションのドアはそれほど厚くない。彼がその場に留《とど》まっている気配が伝わってくる。

我知らず息をつめていると、ふいにクローゼットの中から携帯電話の着信音が聞こえてきて、ビク、とまた全身が跳《は》ねた。ジャケットに入れておいた携帯が鳴っている。

やべ。外にも聞こえてるよな、きっと。

「南？」

コンコン、と今度はドアがノックされた。携帯はまだ鳴っている。

「携帯置いて出たんかな……」

小さなつぶやきがかろうじて聞こえた後、携帯の呼び出し音は途切れた。同時に、ドアの前の気配が遠ざかる。

北條の足音が完全に聞こえなくなっても尚《なお》、広記はただじっとしていた。全身が麻痺《まひ》してしまったかのように動かない。

——何で動かないんだ。

動いて殴らなければ、終わりにできないのに。

凍りついたように固まっていると、またクローゼットの中で携帯電話が鳴った。滑稽《こっけい》なほど全身が跳ねる。

メールが届いたその音で、ようやくスイッチが入った。のろのろと立ち上がり、クローゼットを開ける。やはり緩慢《かんまん》な仕種《しぐさ》で、上着のポケットから携帯電話を取り出す。

メールの送信者は、案の定《あんじょう》北條だった。

今日は急に帰ってしもて、ほんまにごめん。用は無事に済みました。さっき南の部屋へ行ってみたんやけど留守やったから、とりあえずメール入れとくな。今日の埋め合わせは絶対するから。また連絡します。ほんまにごめんなさい。

絵文字などひとつも入っていない、真面目な謝罪文だった。

……何だこれ。どういうつもりだ。

まだ俺をからかおうっていうのか。

次の瞬間、カッと全身が熱くなった。腹の底に沈殿していた激情が、火花のように全身に散らばる。

広記は携帯を握りしめ、玄関へ突進した。スニーカーをひっかけてドアを開ける。廊下には既に北條の姿はない。

「くそっ」

短く毒づいて駆け出す。一気に階段を下りて道路へ飛び出し、勢いよく右を見た。いない。左を見ると、白いワンボックスカーが角を曲がるところだった。北條の車だ。

追いつけるわけがないのに、広記は咄嗟《とっさ》に追いかけた。走る。走る。走る。

が、途中でスニーカーが脱げてしまう。

「っ!」

転びそうになった体勢を、広記はどうにか立て直した。そして道にぽつんと置き去りにされたスニーカーを履《は》きに戻る。通りに人影はなかったが、幼い子供のように片足で跳ねている自分が恥ずかしくて、顔が火照《ほて》った。かっこ悪い。情けない。

乱暴に足を靴に入れ、息を切らしながら北條の車が消えた角をにらみつける。

「すぐ終わりにしてやる……!」

低く怒鳴って、広記は踵を返した。とりあえず上着と財布を取りに戻って、それから北條のマンションへ行こう。

そこであのふざけた男を、力いっぱい殴るのだ。


広記はタクシーを拾い、北條のマンションをめざした。車は維持費《いじひ》が高くつくため、社会人になって一人暮らしを始める際に売ってしまっていたのだ。

契約をかわした書類に書かれていたので、住所は頭に入っていた。だいたいの距離はわかっていたつもりだったが、料金メーターが上がる度《たび》に怒りは増した。

何で俺があいつを殴るために、こんな出費《しゅっぴ》をしなきゃいけないんだ。

釣りを受け取るのももどかしく、タクシーを降りた広記は、マンションへ突進《とっしん》した。名ばかりのオートロックを抜け、エレベーターで三階にある北條の部屋をめざす。

怒りは既に沸点《ふってん》に達していた。――殴る。思い切り殴ってやる。そのことしか頭にない。

ようやくネームプレートに北條と記されたドアの前にたどり着いた広記は、大きく深呼吸した。乱れに乱れていた息をどうにか整え、チャイムを連打《れんだ》する。

インターフォンに返答《へんとう》があるかと思ったが、小学生の悪戯《いたずら》もかくやというチャイムの押し方を不審《ふしん》に思ったらしい。ドア越しに、誰やねん、と凄《すご》むような声が直接聞こえてきた。

「俺だ」

短く応じただけだったが、すぐに広記だとわかったようだ。南、と呼ぶ声が聞こえたかと思うと、鍵を開ける音がした。間を置かずにドアが開く。

「南、今日は」

北條の言葉を聞かず、広記は中へ押し入った。その勢いのまま北條の胸倉《むなぐら》をつかむ。南？と驚いたように呼ばれたが、知ったことではない。

「歯ぁ食いしばれ！」

低く怒鳴って、鋭いラインを描く頰をめがけて拳を突き出す。

次の瞬間、北條が尻もちをつく音と、宙を飛んだ眼鏡が床に落ちる乾いた音が、大きく響いた。北條のうめき声が耳に届く。

広記は肩で息をしながら、振るったばかりの拳を下ろした。

入った。完璧。

急所をはずした渾身《こんしん》の一撃。頰が盛大《せいだい》に腫《は》れること間違いなしだ。

これで終わった。怒りは消えたはずだ。気分は晴れたはずだ。

——なのに、何でまだ目の奥が熱くて痛いんだ。何で胸がつまるんだ。

何で、息もできないぐらい苦しいんだ。

イテテ、と声をあげた北條は、床に転がっていた眼鏡を拾ってかけた。勢いよく飛んだわりにセルフレームの眼鏡は壊れておらず、端整な顔にきちんと収まる。

しかし北條がどんな表情をしているのかは、広記にはよく見えなかった。

何だこれ。視界が曇《くも》ってる。

「南」

呼んだ北條の声は、ひどく優しかった。

何で殴られたのにそんな声出してんだ。バカじゃねぇの。

「南、何で泣いてるん」

「……は？　俺は泣いてなんか」

そこまで言ったとき、ポロ、と一粒、涙が頬にこぼれ落ちた。途端に視界がクリアになる。

北條は笑っていた。高校の頃に散々《さんざん》目にした、何を考えているかわからない笑みではない。愛《いと》しさを滲《にじ》ませた、あたたかな笑みだ。

「やっぱり誤解してたか。ちょっと様子がおかしかったから心配しとったんや。ごめんな」

体を起こして言った北條に、広記は思い切り顔をしかめた。

まだバカにするのか、こいつは。

上着の袖《そで》で乱暴に頬を拭《ぬぐ》いつつ言い返す。

「誤解なんかしてねぇよ。おまえが俺をからかってたことはもう知ってる。おまえが言うことを信じた俺がバカだったんだ」

一度思っていることを口に出すと、後はもう止まらなかった。

「おまえはもともとそういう奴だよな。高校のときもそうだった。いつも本気か冗談かわからない言い方して、人のことバカにしやがって。二十四にもなって俺をからかって騙して、楽しかったかよ。冗談じゃねぇぞ、ふざけんな。おまえに振りまわされんのはもうごめんだ。二度とそのツラ見せんな」

相づちも打たず、反論もせずに黙って広記の言葉を聞いていた北條は、ゆっくり立ち上がった。

「南」

「呼ぶな。おまえなんかに呼ばれたくない」

駄々《だだ》をこねる子供のようだと自覚しながらも止められず、言葉を重ねている間に、北條は玄関口に下りてきた。正面に立った彼から逃げるように、広記はドアの方へ後退《あとずさ》る。

北條はそれ以上近付こうとはせず、南、とまた呼んだ。その声は、やはり優しかった。

「エミは従姉妹《いとこ》や。大阪に住んでるんやけど、用事があってこっちに来てんねん。あ、もちろんうちには泊まってへんからな。ちゃんとホテルに泊まってる」

「おまえ、従姉妹と付き合ってんのか」

目をそらして低く問うと、北條は一瞬、沈黙した。

「なるほど、そうくるかー。いや、わかる。わかるで〜。何でもかんでも疑《うたご》うてしまうんが恋心やもんな。俺もそうやったし」

「何わけわかんないこと言ってんだ。適当なこと言ってごまかすんじゃねぇよ」

「うん、ごめん。けどほんまにエミとはそうゆうんとはちゃうねん。東京にかて、カレシと一緒に来てるしな」

淀《よど》みのない口調が、逆に反感を煽《あお》った。この男の言葉は、嘘でも真《まこと》のような衣《ころも》を着ている。もう騙されたくない。

「そんな嘘が通じると思ってんのか。先週の日曜に、おまえが女の子と二人でいるのを見たんだからな。高三のときにも、あのコがおまえと一緒にいるのを俺は見てるんだ。ずっと付き合ってんだろ。あのコのことが、本気で好きなんだろ」

ぴたりと背中をドアに押しつけたまま言いつのる。視線もそらしたままだ。真《ま》っ向《こう》から問いつめてやりたいのに、なぜか北條の目を見ることができない。

「確かに高校んときも一緒におったかもしれん。けどそれは、普通に従姉妹が遊びに来たからや。先週の日曜にも出かけたけど、そんときはエミと二人とちゃうで。三人や」

「嘘つけ」

「嘘ちゃうて。エミが俺のカノジョやないんも、俺が南のこと、ずっと好きで、今も本気で好きなんも、ほんまや」

苛立《いらだ》った様子もなく穏やかに応じた北條が、ゆっくり近付いてくる。ドアに張り付いた状態の広記には、もう逃げ場がない。

「そんな話、俺は信じない。おまえの話なんか信じられるか」

それでも何とか逃《のが》れようと身じろぎしながらかみつくと、南、と呼ばれた。

「南は、エミに嫉妬してくれたんやな」

「はあ？　何言ってんだ。違う。俺はただ」

思わず顔を上げると、予想していたよりずっと近くに北條の端整な面立ちがあった。まだ涙の名残《なごり》があるだろう顔を間近で覗き込まれ、カッと頬が熱くなる。

「ただ、何や？」

「おまえが、嘘をついてたことがむかついただけだ。高校のときと同じで、本気とか言ってたのも全部嘘だったってわかって、腹が立って、おい、北條、近い」

なぜか距離をつめてくる北條を避《さ》けるために脇へずれる。が、北條は尚も寄ってくる。とうとう肩が壁にぶつかってしまった。

「近いって言ってるだろ」

「そら近付いてるからな」

「何で寄ってくんだよ。離れろ」

「嫌」

高校のときとそっくり同じ受け答えをされて、広記はムッとした。

「嫌って何」

だよ、と言いかけた文句は、唇を塞《ふさ》がれたために口の中に留《とど》まった。一瞬、何が起こったのかわからなくて目を見開く。北條の顔が、表情がわからないぐらい間近にある。

北條に、キスされてる。

自覚すると同時に顎《あご》を固定され、唇の隙間《すきま》から濡れた感触が侵入《しんにゅう》してきた。

「！」

驚いて突き飛ばそうとしたが、いつのまにか腰を抱き寄せられていて身動きがとれない。唯一自由になる拳で、北條の肩口を思い切り殴る。

しかし唇は離れなかった。それどころか体格の差を利用して広記を腕に抱き込み、口腔《こうこう》を思う様蹂躙《じゅうりん》する。

「んー……！」

力いっぱい逃れようとしたせいだろう、息苦しくなってきた。同時に、体から力が抜けてゆく。北條の肩を殴る拳も、ただ添えるだけになってしまう。

それを合図に、北條は強引な口づけを甘やかなものに変えた。今し方までの乱暴さとは裏腹に、感じる部分を舌先でくすぐり、ねっとりと舌をからめる。広記の舌を隅々まで味わうように、己の舌で丁寧《ていねい》に、否《いな》、執拗《しつよう》に愛撫《あいぶ》する。

「は、はぁ……」

角度を変えられてできた唇の隙間から、広記は必死で息を継《つ》いだ。どちらのものともしれない熱っぽい息遣いと共に、微かな水音が耳をつく。淫靡《いんび》な響きに、ぞく、と背筋に寒気のようなものが走った。

広記の震えをどう解釈したのか、北條は再び深く口づけてくる。ためらうことなく口腔を侵《おか》した彼は、既に己の舌に馴染《なじ》んでいた広記の舌を、強く吸い上げた。

「んんっ……」

舌は呆気《あっけ》なく北條に捕らわれてしまった。互いの唾液《だえき》で濡れた柔らかなそれを、硬い感触が甘噛《あまが》みする。またしても、ぞく、と背筋が震えた。

……何だこれ。すげぇ気持ちいい。

こんなに官能的《かんのうてき》で、情熱的なキスは初めてだ。相手は北條だとわかっているのに、もっとしたいと思ってしまう。

握りしめていた拳が自然と開いた。かわりに広い肩にしがみついたそのとき、優しく舌が押し戻される。ちゅ、と微かな音をたてて唇が離れた。

「は……」

甘い吐息を漏らしたのは、間違いなく広記の方だ。口づけを解かれたというのに、北條を突き飛ばす気になれなかった。罵倒《ばとう》する気にもなれない。

ただ、つい今《いま》し方《がた》まで触れ合っていた唇が、やたらと熱かった。熱いのは唇だけではない。唇よりも、胸の奥の方がずっと熱い。焼《や》け焦《こ》げそうだ。

この熱は怒りではない。憎しみでもない。それらとは正反対の感情だ。

――俺は、北條が好きなんだ。

羞恥《しゅうち》と困惑と混乱で顔中に血が上《のぼ》ったそのとき、南、と呼ばれた。唇のかわりに額《ひたい》を擦《す》り寄《よ》せた北條が、艶《つや》っぽい声で尋ねてくる。

「な、気持ちよかった？」

思わず頷きそうになったのを、広記はかろうじて堪《こら》えた。

何だよ、そのエロい声は。気持ちよかったなんて言えるわけないだろう！

だいたい、何で俺が北條を好きにならなくちゃいけないんだ。理不尽《りふじん》だ。ありえない。間違ってる。

「南？」

何で、俺が。

「南」

こんな奴を。

「なあ、もっかいしてもええ……？」

――甘い誘いに、逆らえないなんて。

再び近付いてきた唇に、自然と瞼《まぶた》を落としそうになったそのとき、バン、と勢いよく奥のドアが開いた。

反射的に振り返ると、白髪《しらが》を角刈《かくが》りにした小柄な老爺《ろうや》が現れた。真紫《まむらさき》のジャージが目に痛い。

「さっきから何をガタガタやっとんのじゃ！　うるそうてテレビの音が聞こえんやないけ……」

威勢《いせい》よく発せられた怒鳴り声は次第に小さくなり、やないけ、という語尾《ごび》に至っては、ほとんどつぶやきだった。

老人の目が、広記の腰を抱いたままの北條と、北條の肩に手を置いたままの広記を交互に見遣《みや》る。かと思うと、彼は右手を拝《おが》むような形にした。

「こらどうも邪魔してすんまへんな。わしのことは気にせんと、続けとくれやす」

それだけ言って、パタン、と老人はドアを閉めた。

何だあれ……。

ていうか誰なんだ。

唖然としていると、ふいに顎をつかまれ、ぐいと正面を向かされた。北條の顔が間近に迫る。

「ああ言うてるし、気にせんと続けよ」

色っぽい声で言って再び口づけようとした北條を、広記は今度こそ突き飛ばした。

「できるかバカ！」

リビングにあるソファに、広記は北條と並んで腰かけていた。北條の頰には、濡《ぬ》らしたタオルがあてられている。すぐに冷やせと言ったのは、殴った張本人《ちょうほんにん》である広記だ。物凄《ものすご》く認めたくないが、北條への想いを自覚してしまった以上、彼が頰を腫《は》らすのは本意ではない。殴ったこと自体は絶対、謝らないけどな。

そんなことを思っていると、観察するような視線を感じた。

こちらを見つめているのは、北條がキッチンから引っ張ってきた椅子に腰かけた老爺である。年は恐らく七十代前半。鮮やかな紫色のジャージが、彼の伝法《でんぽう》な雰囲気に調和している。

目が合うと、彼は悪びれる様子もなくニッコリと笑った。

うわ、北條とそっくりの笑い方……。

長身の北條に比べるとかなり小さいが、目の辺りがよく似ている。

今し方見たばかりの老人の笑顔と似た顔で、南、と北條が呼ぶ。そしてタオルを持っていない方の手で、白髪の老人を指し示した。

「この人、俺の祖父《じい》ちゃん。大阪に住んでるんやけど、一月《ひとつき》ぐらい前から東京に遊びに来てんねん」

北條に紹介され、老人は頭を下げる。

「川口捨蔵《かわぐちすてぞう》といいます。礼一《れいいち》の祖父です。礼一がお世話になっとります」

「あ、どうも、はじめまして。南広記です。突然お邪魔してすみません」

頭を下げてから、ん？　と首を傾《かし》げる。

椅子に落ち着くまで、老人はわずかに右足を引きずって歩いていた。もし彼が、北條が大学時代に介護《かいご》した祖父なら、リハビリでも治りきらなかったと考えるのが自然だ。

けど大阪のお祖父さんて、亡くなったんじゃなかったか？

律儀《りちぎ》に頻にタオルをあてている北條に、胡乱《うろん》な目を向ける。

「おいコラ。お祖父さん生きてるじゃないか」

「うん、生きてるで。目の前におるやろ」

しれっと言った北條に、広記は思い切り眉を寄せた。

「亡くなったんじゃなかったのかよ」

小声で詰問《きつもん》すると、ワハハ、といきなり老人、捨蔵が笑った。死んだことにされていたとわかっただろうに、怒った様子は全くない。

「礼一のことやから、大方《おおかた》わしが死んだ言うて同情をひきよったんやろ」

「えー、俺、祖父ちゃんが死んだなんてひとことも言うてへんでー」

「ほんまかい。信じられんなあ」

祖父と孫のやりとりに、や、と広記は割って入った。

「北條、君《くん》はほんとに亡くなったとは言ってません」

祖父の手前、一応君《くん》を付け足しつつ、広記は言った。腹立たしいことに、確かに北條は死んだとは口にしていないのだ。広記が誤解したとわかっていながら、本当のことを言わなかった北條が悪いのはもちろんだが、きちんと確認しなかったこちらも悪い。

「俺が勝手に誤解したんです。失礼なこと言ってすみません」

頭を下げると、ほお、と老人は感心したような声をあげた。

「ベッピンなだけやのうて潔《いさぎよ》い。おまえの言うとった通りやな」

「せやろ？　南はきれいでカッコエエねん。それに優しいで。怒って殴ろうとしてんのに、ちゃんと歯ぁ食いしばれて言うてくれるしな」

自慢げに応じた北條を、ギロリとにらみつける。

お祖父さんが死んだって俺に思わせておいたのはまだいいとして、や、全然良くはないけど、それよりも気になることがある。

何でお祖父さんが俺のことを知ってんだよ。

口に出さなくても、その疑問は北條に届いたようだ。彼はまたニッコリと笑う。

「大学んときに好きな人の話になって、祖父ちゃんにぽろっと南のこと言うてしもてん。そしたら相談に乗ってくれて、応援してくれるって」

……応援？

広記は呆気にとられて小柄な老人を見た。彼はこちらに向かって、大きく頷いてみせる。

「旅行のひとつも連れてってやれんうちに祖母《ばあ》さんが死んでしもて、わしも倒れて、人様の世話にならなあかん状態になってな。わしには子供が五人、孫も十人以上おるんやが、そんときに手ぇ貸してくれたんが次女夫婦と、その息子の礼一と、次男の娘のエミだけやった。家庭持っとる以上、それぞれの生活を守らなあかんことはようわかる。けどわしも人間や、困ってるときに力になってくれたモンの味方になりたい思うんは当然やろ」

しみじみと語った老人に相づちを打つこともせず、広記はただぽかんと口を開いた。

北條を好きな気持ちすら、まだ完全には受け入れられていないのだ。そこへ更に、北條が祖父に同性を好きになったと相談していたことや、その恋を祖父が応援すると言ったことを聞かされても、脳がうまく処理しない。

茫然《ぼうぜん》としている広記をよそに、孫と祖父は話を進める。

「エミがバンドのオーディション受けたい言うたとき、おっちゃんらは反対やったけど、祖父ちゃんだけは賛成したもんな」

「やりたいことは元気なうちにやっとかなあかん」

きっぱりと言い切った祖父に笑って、北條は広記を振り返った。

「エミ、夏にメジャーデビューするねん。高校んときにエミが東京に来てたんは、こっちでたまにライブしてたからや。南が見たんも、ライブへ行く途中か帰るときやと思うで。ちなみにエミのカレシ、同じバンドでベースやってるんや」

そこまで言ってから、あ、と声をあげ、再び祖父に向き直る。

「さっき言うの忘れてたけど、今日ダイスケ君も一緒に祖父ちゃん探してくれてんで。何回も言うけど、一人でふらふら出歩くんは絶対やめてや。せめて携帯持ってってくれ」

「ダイスケはええ男や。エミは見る目あるぞ」

「もー、すぐそうやってごまかすー。皆どんだけ心配した思てんねん」

「やかましなあ。何べんも同じこと言うな」

どうやら警察云々《うんぬん》と言っていたのは、捨蔵が行方不明になったせいらしい。日曜の今日、本当は北條が祖父をどこかへ連れていく予定だったのかもしれない。

「先週の日曜に一緒にいたのって、エミさんと川口さんか……?」

先週、北條とエミを見たのは事実だ。しかし喫茶店の窓は、下半分がすりガラスになっていた。目の前の小柄な老人が隠れてしまってもおかしくない。

唐突な問いかけだったが、北條はすぐに、うんと頷く。

「先週だけと違《ちご》てそれまでの日曜も、祖父ちゃんと東京見物《けんぶつ》しててん。先週は祖父ちゃんが携帯をギラギラにしたいて言うから、エミと三人で店に行ったんや」

「流行《はや》りもんはシズコでは話にならんからな。ジジィとババァの集まるとこばっかり連れてかれても、おもんないわ」

「オカン祖父ちゃんの娘のくせに、何でか祖父ちゃんを一般のジイサンと同じやて思い込んでるからなあ」

苦笑する孫を尻目《しりめ》に、捨蔵はジャージのポケットから携帯電話を取り出した。それを嬉しそうに広記に見せる。

「どや、これ。カッコエエやろ」

一目で最新モデルとわかる黒の携帯には、赤く輝く複数の星と共に、シルバーに光る『捨』という字が飾られていた。金髪にピアスの若者が持っていそうなデザインだ。が。

「かっこいいです。川口さんの雰囲気に合ってると思います」

正直な感想を口に出すと、せやろ、と捨蔵は上機嫌で笑った。広記もつられて笑う。笑っているうちに、何だか気が抜けてきた。

お祖父さんの介護をしてたことも、高三のときと日曜に見た女の子が従姉妹で、恋人じゃないのも、嘘じゃなかったんだ……。

再会してからの北條は、ひとつも嘘をついていなかった。否、高校の頃も嘘は言っていなかったのだ。思い返せば、かわいい女の子が好きだと言いながら、北條は広記への好意を否定してしまわなかった。かなりひねくれてはいたが、彼なりに本心をさらしていたのだろう。

あの頃も今も、北條は本気で、俺が好きってことだ。

改めて実感すると、じわりと頬が熱くなった。

――やばい。嬉しい。

思わず顔を覆《おお》うと同時に、ぐうう、と腹が鳴った。もう片方の手で咄嗟《とっさ》に腹を押さえる。昼に簡単な食事をとってから、何も食べていない。あちこち動きまわったこともあるが、何よりも安心したからだろう、急に空腹感が襲《おそ》ってくる。

「南、腹減ってるんか？」

瞬きをして尋ねたのは北條だ。

「や、別に……」

もごもごと言い訳すると、ワハハ、と捨蔵が豪快《ごうかい》に笑った。

「もうじき夕飯どきや、そない恥ずかしがることないぞ。礼一、何か作れ。南君と一緒に飯食おやないか」

はいはい、と頷いて北條は立ち上がった。そしてこちらに愛しげな視線を向けてくる。

この一ヵ月、恐らくずっとこういう目で見られていたのだろう。北條への気持ちに気付かなかったときは何とも思わなかったが、自覚した今となってはいたたまれない。

「南、何食べたい～？」

「別に、何でも」

「パスタでええか？」

無言で頷くと、北條は嬉しそうに笑った。すぐ作るし待っててな〜、と言い置いて、リビングに隣接《りんせつ》したキッチンへ向かう。

広記は思わずほっと息をついた。相手は北條だ。すぐには恋愛モードになれない。

「南君」

「あ、はい」

呼ばれて視線を向けると、捨蔵は椅子から立ち上がった。わずかに足を引きずりながらも、それほど苦労はせずに、今し方まで北條が座っていた場所に腰を下ろす。

改めてこちらに向き直った彼の顔は、存外《ぞんがい》真面目だった。

「礼一はひねくれたとこもあるけど、根は優しい男や。あいつがずっとあんたはんのこと真剣に想《おも》とったんはほんまやで。わしが保証する。せやから礼一のこと、よろしい頼むわ」

「や、俺は……」

北條の祖父である彼に、はいと頷くところまではまだ至っていない気がして言葉を濁《にご》す。

しかし捨蔵は引き下がらなかった。こちらに身を乗り出し、尚も熱心に言いつのる。

「老《お》い先《さき》短いジジィの頼みや。冥土《めいど》の土産《みやげ》持たせる思て、どうぞ聞いてやっとくなはれ」

さすが北條の祖父さん、押しが強い。

老い先短いだの冥土の土産だのと言われて、嫌ですと断れる人間など滅多《めった》にいないだろう。

「……わかりました。俺でよかったら」

半分以上押される形で頷いてみせると、老人はニッコリと笑った。やはり目許《めもと》が北條と似ていて、つられて笑ってしまう。

「ちょっと祖父ちゃん、俺に隠れて何をコソコソやってんねん」

二人だけで話しているのが気になったのだろう、北條がキッチンから顔を出す。

何もない、とすまして答えた捨蔵は、ソファから立ち上がった。

「食後のデザートに東京ばな奈《な》でも食うかな」

「えー、あれはご近所さんに渡す土産に買《こ》うたんやろ」

「ケチくさいこと言うな。ひとつぐらいええやないけ」

祖父と孫の気安いやりとりを聞きながら、広記はため息を落とした。

押されてでも、約束してしまった。

――仕方ない。よろしくされてやるか。


「今度の日曜に帰るって？」

広記《ひろき》の問いに、正面に腰かけた北條《ほうじょう》は、うんと頷いた。

「とりあえず、行きたい思てたとこには行けたからて言うとったけど、ほんまはエミの所属事務所の社長とマネージャーに会うんと、南に会うんが目的やったみたい」

そうか、と応じて鶏《とり》のから揚《あ》げを口に入れる。

水曜の午後八時、互いに会社帰りだ。場所はすっかり馴染《なじ》みになった居酒屋である。それほど混んでいないが、空《す》いてもおらず、話をするにはちょうどいい。

「次の日曜は俺、仕事なんだよ。見送りに行けなくて悪い」

「そんなん全然ええよー。やー、南《みなみ》にそういう風に言うてもらえるて、めっちゃ嬉しいなあ。家族公認の仲って感じー」

北條がはしゃいだ口調で言う。

水曜の今日まで、北條とは一度も顔を合わせなかった。もしかしたら、会わない間に気持ちに変化があるかと思ったが、北條への想いは歴然《れきぜん》と胸の内に存在している。

改めて今、正面から端整《たんせい》な面立《おもだ》ちを見て、やはり自分は北條が好きなのだと実感する。

会えて嬉しいとか思ってるし、こいつが嬉しそうだと俺も嬉しいし。

胸の奥が熱いような、こそばゆいような感覚は、間違いなく恋だ。

恋ってな……。

自分で考えたことが恥ずかしくて、広記はわざと眉を寄せた。

「感じーじゃねぇよ。老《お》い先《さき》短いジジィの頼みだとか言われて、おまえのことよろしくって頼まれたんだからな」

「え、マジで？　祖父《じい》ちゃん、こないだの健康診断で五十代の肉体とか言われて、わしは百二十まで生きるて豪語《ごうご》しとったのに」

「百二十？」

思わず頓狂《とんきょう》な声をあげると、百二十、と北條は真顔でくり返した。

「この前も、人生あと少なく見積《みつ》もって四十年とか言うとった」

少なくて四十年って、どこが老い先短いんだ……。

さすが北條の祖父さん。やるな。

どうやら嵌《は》められたようだが、不快感は全くなかった。それどころか、派手に飾りつけられた携帯を自慢げに見せていた捨蔵《すてぞう》の顔を思い出して、愉快な気分になる。

あの人はたぶん、北條に比べると俺の気持ちがまだ弱いことに気付いて、わざとああいう約束をさせたんだろう。

彼にとって北條は、かわいい孫なのだ。

「とにかくよろしく言っといてくれ。あ、別に言わなくていいや。後で直接メール送るから」

捨蔵とメールアドレスを交換したことを思い出して言うと、北條は唇を尖《とが》らせた。

「南と祖父ちゃんがメル友《とも》ておもんない〜」

「別にいいだろ、メールぐらい」

「ええことない〜。南から俺にメールくれたことないやろ。いっつも俺が送ったメールに返事するだけやんか。俺かてメールほしい〜」

ワイヤーフレームの眼鏡をかけた鋭《するど》い容貌《ようぼう》の男が、カレシに甘えるカノジョのように駄々《だだ》をこねる様《さま》を見て、広記はうんざりした。

こいつのこういうとこ、ほんとめんどくせぇよな……。

「わかったよ。おまえにも送るから」

ため息まじりに言うと、北條は嬉しそうに頷いた。

「待ってるな。約束やで」

「言っとくけど、長いのは送らないからな」

「ええよ〜。短《みじこ》うても、好きとか愛してるとか送ってくれるだけで嬉しいから〜」

「誰がそんなメール送るっつったよ」

思わずかみつくと、北條は箸《はし》を置き、上目遣《うわめづか》いにこちらを見た。

「せやかて俺、南に好きて言うてもろてへんし」

拗《す》ねた物言いに、広記は瞬《まばた》きをした。

言ってなかったっけ？

日曜の記憶をたぐってみる。ドアを開けるなり殴《なぐ》って怒鳴《どな》って、泣いてしまった。それから突然キスをされた。その後、捨蔵を交《まじ》えて話して、北條が作ってくれたパスタを三人で食べた。

夜の九時前に、泊まっていけと言う捨蔵に丁寧《ていねい》に断りを入れて帰った。

……確かに言ってない。

「言わなくてもわかれよ」

まさか今ここで好きだとも言えず、素《そ》っ気《け》なく応じる。

すると北條は眉を寄せた。

「それ、典型的な傲慢《ごうまん》ダメ男の思考やで。言葉にせんと気持ちは伝わりません～。なあ、ほんまに好き？　どれぐらい好き？」

「うるせぇな。どんなに言葉にしたって、真実味がなかったら意味ないだろ。前のおまえみたいにな」

言い返してやると、北條はぐっと喉《のど》を鳴らした。痛いところを突かれたようだ。

「……うわー、かわいいけど憎たらしいけどやっぱりかわいいわー。くそー、いつか絶対あんあん言わしたるからなー」

「どさくさに紛《まぎ》れて怖いこと言ってんじゃねぇよ。メール送るのやめるぞ」

「それは嫌～。ごめんなさい～」

呆《あっ》気《け》ないほど簡単に謝った北條に、広記は笑ってしまった。どこからそんな自信が湧《わ》いてくるんだとあきれるほど強気かと思えば、驚くほど弱気になる。両想いになった今、弱気の方が前面に出ている気がする。

ほんとバカだな、こいつ。

でも、そういうとこも。

「まあ、普通ぐらいには好きだ」

照れ隠しにそんな風に言って、すかさずから揚げを頰張《ほおば》る。間の悪いことにテレビと店内で同時に爆笑が起こり、その言葉はほとんどかき消されてしまった。

しかし芋《いも》の煮転がしをつついていた北條は、へ、と声をあげた。かろうじて音を拾ったようだ。

「南、今好きて言うた？」

改めて確認され、じわりとが熱くなる。

「言ってねぇよ」

「言うたやろ」

「言ってない」

「嘘や、言うた」

「だから言ってないっつってんだろ！」

「俺、南のそういう素直やないとこも好き～」

「……うるせぇ」

誰より何より愛してる

冷蔵庫の横にある炊飯器《すいはんき》が、ピピ、ピピ、と軽やかな電子音を奏《かな》でて、南広記《みなみひろき》はテレビから目を離した。飯が炊《た》けたようだ。

ほのかに甘い香りに頰《ほお》を緩《ゆる》めていると、南、と呼ばれる。

「ごめんやけどご飯よそってくれるか？」

狭いキッチンに立つ男に頼まれ、わかった、と広記は声のボリュームを上げて答えた。そうしないと、トンカツを揚《あ》げている最中の彼には聞こえにくいだろうと思ったのだ。

土曜の午後七時。広記が借りているワンルームマンションは、食欲をそそる香りに満ちている。

炊飯器を開けた広記は、ホクホクと湯気《ゆげ》を立ち上らせている飯をかき混ぜた後、早速茶碗《さっそくちゃわん》に盛りつけた。今日も一日働いて、昼にコンビニ弁当をかきこんでからコーヒー一杯しか入れていない腹が、ぐうう、と派手《はで》な音をたてる。

一方の男は、鼻歌まじりにトンカツを油から引き上げる。決して広くはないワンルームマンションのキッチンで楽しげに料理をする彼を眺め、広記は感心した。

男のスラリと伸びた体軀《たいく》は、シャツとジーンズ、更にその上につけた紺色のエプロンに包まれている。鋭角的《えいかくてき》な輪郭《りんかく》に完璧な配置で収まっているのは、すっきりとした切れ長の双眸《そうぼう》と隆《たか》い鼻筋、そして薄い唇だ。セルフレームの眼鏡と上機嫌な笑みが、容貌《ようぼう》の鋭《するど》さを和《やわ》らげている。

高校の同級生で、良い思い出は皆無《かいむ》、悪い思い出ばかりを広記に残したこの男――北條礼《ほうじょうれい》一《いち》が、土日の度《たび》にマンションへ通ってくるようになって約二ヵ月。再会した頃には蕾《つぼみ》すらふくらんでいなかった桜だが、今や薄紅色《うすべにいろ》の花弁《かべん》を散らし、鮮《あざ》やかな緑へと変貌《へんぼう》しつつある。

「はい、できた。お待たせー」

北條が大根おろしをたっぷり載《の》せたトンカツを運んできた。ローテーブルの上には既に、きゅうりとにんじんの浅漬《あさづ》け、きんぴらごぼう、豆腐《とうふ》とワカメの味噌汁《みそしる》が並んでいる。全て北條の手作りだ。

俺は絶対こんなの作れないし、前のカノジョにも作ってもらったことない。

広記の部屋へやって来た北條が何をするかといえば、せっせと料理を作り、せっせと広記に食べさせる。もちろん北條自身も食べるが、メニューは全て広記のリクエストだ。おかげで自炊をろくにしない広記のキッチンは、北條が持ち込んだ調理器具や食器、調味料でいっぱいになっている。

「おまえ、凄《すご》いな」

率直に褒《ほ》めると、北條は油の始末をしながら首を傾《かし》げた。

「凄いて何が？」

「料理。何でも作れるじゃん。教室にでも通ってたのか？」

「まさかー。祖父《じい》ちゃんが倒れてオカンが大阪行ってしもてから、オトンと自分の飯作ったりしてたし、大阪におったときもけっこう作ってたからな。料理て案外おもろいなーとか思《おも》てあれこれ試してるうちに、レパートリーが増えてってただけや」

何でもないことのように言う北條に、ふうんと広記は相づちを打った。こいつには敵《かな》わないと思うのは、こんなときだ。

北條は高校を卒業した後、大阪で祖父の介護《かいご》をしていた母親を手伝うため、かの地にある大学へ進学した。もっとも、そうした事情を知ったのは三ヵ月ほど前のことだ。

大阪に本社がある大手の食品メーカーへ就職したというのに、北條は自《みずか》ら東京への転勤を希望した。目的はただひとつ。高校のときから想いを寄せていた広記と再会するためである。

「さあ、お腹すいたやろ。食べよー」

ウーロン茶をついだグラスをローテーブルに並べていると、洗い物を終えた北條がエプロンをはずしながら歩み寄ってきた。手早くたたんだそれを脇《わき》へ置き、広記の正面に腰をおろす。

ほんの数ヵ月前までは、こんな風に北條の手料理を差し向かいで食べるなんて、想像したことすらなかった。

なにしろ広記は、北條のことが大嫌いだったのだ。

「いただきます」

手を合わせると、北條は嬉しそうに笑った。

「どうぞ召し上がれー」

ん、と頷いて早速《さっそく》トンカツに箸《はし》を伸ばす。一口頬張《ほおば》ると、サクッとした歯ざわりの後、旨味《うまみ》たっぷりの肉の味が口内に広がった。和風のダシで味つけられた大根おろしのおかげで、脂《あぶら》っこさは全く感じない。

「どお？」

自分は食べずに広記の様子を見守っていた北條が、首を傾げて尋ねてくる。

「旨い」

本当のことだったので、隠さず答える。

すると北條はさも嬉しげに微笑《ほほえ》んだ。

「よかったー。あ、きんぴらも食べてみて」

ん、と頷いて、きんぴらごぼうも大胆に口へと運ぶ。何を作らせても旨いのはもうわかっているから、躊躇《ちゅうちょ》することはない。

「どお？」

「旨い」

「そっかー、よかったー。いっぱい作ったしいっぱい食べてなー」

ますます嬉しそうに笑った北條は、ようやく自分も箸を手にした。頬は緩んでいるし、目じりも下がっているのに、端整《たんせい》な面立ちは決して崩れて見えない。高校の頃も含め、再会してしばらくは、いつも完璧な二枚目の顔が癪《しゃく》に障《さわ》って仕方がなかったが、今はそれほどでもない。

前に比べてむかつかないのは、俺が北條を好きだからなんだよな……。

こうして毎週会うようになってもまだ、自分の気持ちの変化が信じられないときがある。

「何？　俺の顔に何かついてる？」

いつのまにか北條をじっと見つめていたことに気付いて、広記は慌てて目をそらした。わずかに頬が熱い。

「ついてない」

「ご飯粒《はんつぶ》とかついてるんやったら遠慮せんととってくれてえぇでー。できたら口でとってくれると嬉しいけど、指でとって食べてくれても嬉しい〜」

さあどうぞ、とばかりに身を乗り出し、ご丁寧《ていねい》に瞼《まぶた》まで閉じた北條にため息を落とす。

こいつのこういうとこ、ほんとめんどくせぇよな……。

「バカかおまえは。手本みたいな箸の使い方してるくせに、米粒なんかつくわけないだろ」

「そお？　そしたらもっとワイルドに食お」

「わざとやったってとらねぇぞ。わざとじゃなくても絶対とらないけどな」

仏頂面《ぶっちょうづら》で釘《くぎ》を刺すと、飯をかきこもうとしていた北條は、ちっと舌打ちをした。今し方までのニコニコ顔はどこへやら、たちまち計算高い男の顔になる。

夢見る乙女の皮を被《かぶ》った、腹黒いひねくれ狼《おおかみ》。

北條と共に時間をすごすようになってから、頻繁《ひんぱん》に頭に浮かぶイメージだ。

「俺に聞こえるように舌打ちすんな」

あきれて言ってやると、北條は今度は、カレシに叱《しか》られたカノジョのような顔になった。

「せやかて俺、もー、礼一はいつまで経《た》っても子供みたいだなー、パク、て南にやってもらうんが夢やってんもん」

「……勝手に気持ち悪い夢みてんじゃねぇよ。夢は夢で終わらせとけ」

「嫌やー。いつか絶対してもらうー」

「しないっつってんだろうが」

ごねる北條に、愛想《あいそ》の欠片《かけら》もない返事をする。いつものことだ。

北條を好きだと自覚して二ヵ月が経った今も、広記は恋人らしい甘い仕種《しぐさ》や表情を見せたことがない。高校時代を含めて、怒鳴《どな》りちらすか、素《そ》っ気《け》なくかわすか、どちらかしかしてこなかったのだ。今更どんな顔で恋人面《づら》をすればいいかわからないというのが本音である。

しかし北條は少しもめげない。これもいつものことだ。

「けど南、ホワイトデーなんか絶対せんて言うてたけど、合鍵とこれくれたしー」

北條は脇へ置いたシンプルなエプロンを、箸を持っていない左手で大事そうに撫《な》でる。

熱くなった頬をごまかすために、広記は眉を寄せた。二月十四日に北條から高級チョコレートを贈られたのは事実だが、こちらは特にホワイトデーを意識してプレゼントしたわけではない。

「それは飯作ってくれる礼だって言っただろ。ホワイトデーは関係ない」

「えー、でも三月十四日にくれたやんかー」

「おまえがその日にくれなかったら、夜這《よば》いに行くとか言うからだろうが」

ムスッとして言い返す。北條はもともと、冗談なのか本気なのか、よくわからない物言いをする男だ。こちらは冗談だと思っていても、本気かもしれない。

本気で夜這いに来られたら困る。大いに困る。恋人らしい甘い空気すら、満足に作れないのだ。セックスなんて想像するだけで、わー！　と叫んで逃げ出したくなる。

実際、北條とはキスも数回しかしたことがない。しかも全て北條からの不意打ちだ。

広記と違って、そうしたストレートな愛情表現をする北條が、目の前でニッコリ笑う。

「ホワイトデーにバレンタインのお返しもらえたら嬉しいし、お返しもらえんでも南がもらえたら嬉しいし。どっちにしても俺の損にはならんからなー」

「……俺は損ばっかりじゃねぇかよ」

「ええー、そんなことないやろー。南かて愛する俺にホワイトデーのお返しができて嬉しいし、お返しできんでも、俺とめくるめく愛の世界に飛び立てるんやからー」

「いちいち気持ち悪いことを言うな」

きつい口調で言い返しながらも、広記は内心で冷や汗をかいた。

こいつの言い方だと、俺が入れられる役に決まってるみたいなんだよな……。

正直、そこもひっかかる。ネットで男同士のセックスのやり方を調べてから、ひっかかりはより大きくなった。

何で俺が受け身にならなきゃいけないんだ。確かに北條より細いし背も低いけど、俺だって男だ。アレをアソコに入れられるのは物凄く抵抗がある。端的《たんてき》に言えば、入れられるのは嫌だ。

男同士なのだから、どちらがどちらの役をするかは、話し合って決めるべきではないだろうか。

ていうか話し合おうぜ。なあ。

と思うが、口に出す勇気はない。抱くにしろ抱かれるにしろ、話し合ったのだからセックスしましょうと言われるのが怖いからだ。

「もー、南はすぐそうやって気持ち悪いとか言うー。恋人同士なんやから全然気持ち悪いことないよー」

十代の女の子のように頬をふくらませる北條を見て、我知らずため息が漏《も》れた。

ほんとに、何でこんな奴を好きになったんだろう。


「どうしてもあかん？」

「だめ」

上目遣《うわめづか》いで見上げてくる北條に、広記はしかめっ面《つら》で応じた。

ええー、と北條は不満の声をあげる。

「優しいするから～」

「優しいとか優しくないとか、そういう問題じゃない」

「触るだけにするから～。最後まではせんから～」

「最後までって何だよ。さりげなくえげつないこと言ってんじゃねぇ」

泊まりたい——いや、この際遠まわしな言い方はやめよう。セックスしたいと訴《うった》える北條を、帰れとはねのける。この二ヵ月の間に、北條が帰る際、玄関先で必ずかわされるようになったやりとりだ。時刻は午後九時をまわり、外はすっかり夜闇に包まれている。

「南、俺のこと好きやないん？」

カレシに冷たくされたカノジョの顔で見上げられ、う、と広記は言葉につまった。みるみるうちに頬が熱くなってきて、慌てて視線をそらす。実はまだ、自分から北條に好きだと告げたことがないのだ。

だってこいつにそんなこと言うの、恥ずかしいじゃないか。

答えないでいると、北條はここぞとばかりに詰め寄ってきた。

「なあ、俺のこと好き？」

「……嫌いじゃない」

「ちゃんと好きて言うてくれんと襲うで〜」

わざとなのだろう、低い声で言われて、顔どころか耳や首筋まで熱くなる。

「好きだ。好きだから帰れ」

自分でも矛盾《むじゅん》したことを言ってしまったと思ったが、北條は納得したらしい。わかった〜、と機嫌よく頷《うなず》く。

ほっとして顔を上げると、いきなり唇にキスされた。ちゅ、と派手な音がしたものの、北條は触れただけで離れる。

「！　おまっ」

「ごちそうさま〜。また明日な〜」

ひらりと手を振った北條は、極上《ごくじょう》の笑みを残してドアの外へ出た。抗議の声を遮断《しゃだん》するように、パタンとドアが閉まる。

一人残された広記は、苦《にが》い心持ちでドアをにらんだ。

襲うだの夜這いだのと物騒《ぶっそう》な言葉を吐くくせに、北條は無理やり抱こうとはしない。何でも言うことをききますから抱かせてくださいと、土下座するでもない。それどころか、ホワイトデーにプレゼントをくれたら何もしないとか、今し方のように、好きと言ってくれたら帰るとか、広記に必ず逃げ道を与える。

そう、まるで強引なやり方をして広記を傷つけること、そして傷つけたことで、己《おのれ》自身が傷つくのを避けるように。

「ヘタレめ……」

素直になれない自分を棚《たな》に上げ、広記は毒づいた。傍若無人《ぼうじゃくぶじん》を絵に描いたような北條に、臆病《おくびょう》な一面があることはわかっている。高校の頃、広記に想いを寄せていたにもかかわらず、傷つくのが怖くて本気の告白ができなかったことからも、彼の弱さが知れる。

その弱さを、広記は嫌いではない。むしろ肝心《かんじん》なところで臆病になる性格に人間らしさを感じて、北條を好きになったのだ。

けど俺は今まで、男を好きになったことなんかないんだよ。おまえが先に俺を好きになったんだから、おまえがどうにかしろ！

「あー、もー！」

広記は頭をかきむしった。

本当はわかっている。どちらが先かなんて関係ない。自分も北條を好きになった時点で、二人は五分五分《ごぶごぶ》だ。

何で北條なんかを好きになったんだろ……。

もう何度も考えたことを、また考えてしまう。自分の感情は他の誰でもない、自分自身のものだ。だから理解の範疇《はんちゅう》にあると思っていたけれど、大きな間違いだったらしい。

広記が勤めるイベント会社に、中学の同窓会の幹事代行を依頼してきた北條と再会したときは、本当に憂鬱《ゆううつ》な気分だった。

高校の二年と三年で同じクラスだった北條は、二年間、広記に好きだきれいだと言い続けた。あまりにしつこいので、もしかして本気なのかと信じかけた時期もあった。

しかし、女の子と親しげに歩く北條を目撃した上に、広記がいないところで、女の子が好きだと北條が言っているのを聞いてしまい、その信頼は打《う》ち砕《くだ》かれた。北條が大阪の大学へ進学すると話さなかったこと、そして高校を卒業後、ぴたりと連絡をよこさなくなったことで、裏切られたという気持ちはますます膨《ふく》らんだ。

再会してから、目撃した女の子が彼の従姉妹《いとこ》だとわかった。北條なりに葛藤《かっとう》があり、高校の頃には告白できなかったこともわかった。そして二十四歳になった今もまだ、高校の頃と変わらずに好きだと告げられた。

――だからって、俺が北條を好きになる必要はないんだけどな。

ため息を落とした広記は、室内に足を向けた。答えが出ないとわかりきっている疑問に、頭を悩ませていても仕方がない。

明日も朝から仕事だ。さっさとシャワーを浴びて早めに寝よう。

翌日の日曜は、見事なほどの晴天《せいてん》だった。昨日は生憎《あいにく》の曇天《どんてん》で、しかも冬に逆戻りしたかのような冷たい風が吹いていたため、コートなしでは外を歩けなかったが、今日は上着を着ていなくても少しも寒くない。ビルが建ち並ぶ通りを行きかう人々の服装も、春らしい明るい色が目立つ。

「南《みなみ》君も僕もおめでたい打ち合わせだし、いい天気でよかったなあ」

隣を歩く同僚、根本《ねもと》に、そうですねと広記《ひろき》は頷《うなず》いた。

「最近結婚式の二次会の依頼が増えてますけど、やっぱり雑誌に載ったからですかね」

「だろうね。結婚情報誌とか女性向けのファッション誌に取り上げられたのが大きかったんじゃないかな」

広記が勤《つと》めるイベント会社『大迫企画《おおさこ》』は、企業や役所のイベントの企画運営を請け負《うお》うだけでなく、同窓会や謝恩会《しゃおんかい》、結婚式の二次会等の幹事代行も行っている。広記は主に、幹事代行業を担当しているのだ。

決して大きな会社ではないが、業績は緩《ゆる》やかながら右肩上がりらしい。ちなみに社長は広記の従兄弟《いとこ》である。大学を卒業した後、勤めた会社が二度も倒産し、三度目の就職活動を始めようとしていた広記に、自分の会社に入らないかと誘ってくれた。

「俺、ここで待ち合わせなんで」

大きなホテルの前で立ち止まると、ああ、と根本は頷いた。

「しっかりね。て、もう僕がそんなこと言う必要ないか」

「そんな。俺なんかまだまだです」

謙遜《けんそん》ではなく、本心から言う。過去の依頼者の口コミで、たくさんの仕事がくる根本には到《とう》底《てい》及ばない。

「南君のそういう素直なところ、お客様に信頼されるはずだから大事にするといいよ。じゃあね、がんばって」

柔和《にゅうわ》な面立《おもだ》ちに笑みを浮かべた根本は、広記の背中を軽く叩いてから歩き出した。

ありがとうございますと返事をして根本を見送り、苦笑する。

素直、か。

仕事はともかく、北條に対しては少しも素直になれない。

男同士だからか？

——いや、違うな。

たぶん、北條だからだ。

そこまで考えて、広記はふと我に返った。脳裏《のうり》に浮かんだ北條の端整《たんせい》な顔を、慌ててかき消す。

隙《すき》があるとあいつのことを考える俺もどうよ……。

ひどく恥ずかしくて、広記は意味もなく咳払《せきばら》いをした。

これから仕事だ。北條のことなど考えている暇はない。しっかりしなければ。大きく息を吐いて背筋を伸ばし、ホテルの中へ足を踏み入れる。ちらりと腕時計を見下ろすと、待ち合わせた時刻の十五分前だった。

一週間前に結婚式の二次会の幹事代行を依頼してきたのは、新郎《しんろう》本人だ。五ヵ月後の新婦の誕生日に、このホテルで式をあげるらしい。二次会にも自分たちのこだわりを反映させたいという。

友人たちに負担をかけるのは心苦しいし、何より友人たちにも二次会を楽しんでもらいたいんです。そう言って、彼は照れくさそうに笑った。

穏やかな感じの人だったと思い返しながら、広々としたラウンジに入る。日曜とあって、空席はほとんどない。老若男女《ろうにゃくなんにょ》、様々な人たちが穏《おだ》やかに談笑している。

広記は指定された一番奥の席を見遣《みや》った。上品な革《かわ》の椅子に、ふっくらとした体格をスーツで包んだ男が一人で腰かけている。年は四十ぐらいか。たれ気味の目元が優しい印象を与える。恐らく彼が依頼者の高柳《たかやなぎ》だ。婚約者と一緒だと聞いていたが、女性の姿はない。

「失礼します、高柳さんですか？」

声をかけると、男は弾《はじ》かれたようにこちらを見上げた。広記が歩み寄ってきていることに気付いてはいたようだが、待ち合わせの相手だとは思っていなかったらしい。電話で話しただけだと、実際より年上に見られることが多いので、こういうリアクションは慣れている。

「そうです、高柳です。大迫企画の方ですか?」

「はい。お電話を承《うけたまわ》りました南です。お待たせしてしまって申し訳ありません」

頭を下げた広記に、高柳は人懐《ひとなつ》っこい笑みを浮かべて首を横に振った。

「僕が早く来すぎちゃったんですよ。彼女もまだだし、気にしないでください」

「そう言っていただけると助かります」

バッグをおろして再び頭を下げ、早速《さっそく》名刺を差し出す。

「担当させていただきます、大迫企画の南と申します。よろしくお願いします」

「こちらこそお願いします。あ、僕も名刺を」

高柳が慌てて出した名刺を、ちょうだいします、と両手で受け取る。そこには、誰もが知る大手家電メーカーの名前が記《しる》されていた。所属は研究開発部、肩書きは課長。恐らくエリートなのだろう。なるほど、予算設定が平均より高額なわけだ。

名刺入れの上に高柳の名刺を重ね、ひとまずテーブルへ置いた広記は、失礼しますと断って正面に腰を下ろした。

「この度《たび》は、ご結婚おめでとうございます」

「ありがとうございます」

高柳はさも嬉しそうに笑った。こちらも何だか嬉しくなるような、あたたかい笑顔である。電話で話した印象そのままだ。

「皆さんに楽しんでいただける二次会になるように、精一杯《せいいっぱい》お手伝いいたしますので、どんなご要望でも遠慮なさらずにおっしゃってください」

この一年ですっかり板についた仕事用の敬語で言うと、高柳はまた嬉しげに、ありがとうと礼を言った。

「僕はともかく、彼女がいろいろやりたいことがあるみたいなんです。電話でもお話ししましたけど、雑誌に載ってた記事を見て、絶対大迫企画さんに頼むんだって言って」

「ご指名いただけて光栄です。ご期待に添えるように力を尽くしますので」

微笑《ほほえ》んで応じたちょうどそのとき、ウェイターが注文をとりにきた。ホットお願いしますと告げ、早速バッグからパンフレットを取り出す。

「とりあえずご覧《らん》ください。詳しい説明は、婚約者の方が来られてからの方がよろしいですね」

「そうですね。もうすぐ来ると思うんですが。——あ、来ました。アヤちゃん、こっち」

広記の背後にある出入り口に向かって、高柳が手をあげる。つられて振り返った広記は、顔が強張《こわば》るのを感じた。

そこにいたのは、華やかなワンピースを纏《まと》った細身の女性だった。ぱっちりとした大きな双眸《そうぼう》に、緩くウェーブのかかったこげ茶色のロングヘアがよく似合っている。

桂井綾乃《かつらいあやの》。

一年以上前に別れて以来、一度も会っていない広記の元恋人だ。

綾乃も広記に気付いたらしく、わずかに眉《まゆ》を上げた。ほんの一瞬、足も止まる。

が、すぐ何事もなかったかのように笑顔を作り、しっかりした足取りで歩み寄ってきた。

「遅れてごめんね」

かわいらしく首を傾《かし》げて謝った綾乃に、高柳は満面の笑みを浮かべる。幸い、広記と綾乃の顔色の変化には気付いていないようだ。

「大丈夫、全然遅れてないよ。南さん、こちらが僕の婚約者の桂井綾乃さんです。アヤちゃん、この方が大迫企画の南さん」

初対面のふりをするか。それとも大学の同級生で、ただの友達だったことにするか。

咄嗟《とっさ》に判断できないでいると、綾乃の方が先に口を開いた。

「ああ、やっぱり南君だ。久しぶり」

「知り合いなの？」

「うん。大学のときの同級生」

驚く婚約者にあっさり答えた綾乃は、高柳の横にストンと腰を下ろした。どうやら学生時代の知り合いというスタンスでいくらしい。

それならこっちも合わせないと。

広記は無理やり笑みを浮かべた。

「担当させていただきます、大迫企画の南です。よろしくお願いします」

「こっちこそよろしく」

綾乃の声は、あくまでも明るい。

綾乃ってこんな声だったっけ……。

大学二年から社会に出た年まで、四年ほど付き合ったというのに、覚えているのは別れ際《ぎわ》の冷たい声だけだ。


別れたいの。

綾乃が電話でそう言ってきたのは、やっとの思いで再就職した会社が倒産し、英会話学校に前払いしていた授業料が、こちらも倒産で泡と消え、茫然《ぼうぜん》としていた頃だった。

なぜ今、このタイミングで。

度重《たびかさ》なる不運のせいで、怒りや悔しさを感じる気力すらなく、ただ絶望的な気分でそう思った。

確かに、大学を卒業してからは自分のことで精一杯で、綾乃を充分には思いやれなかった。

しかし、思いやりのなさはお互い様だったはずだ。綾乃も単に慣れない仕事というだけでなく、希望していた会社にことごとく落とされ、やりたかった職種とは似ても似つかぬ仕事に就いたせいだろう、デート中も常に不機嫌で、口を開けば愚痴《ぐち》ばかりだった。八つ当たりとしか思えないような刺々《とげとげ》しい言葉を、容赦《ようしゃ》なく投げつけられたこともあった。

四年付き合ったといっても、社会に出てからはいつもぎすぎすしていたし、大学三年と四年は就職活動に明け暮れたから、恋人として甘い時間をすごしたのは実質一年ぐらいだ。それでも、突然の別れの言葉はショックだった。

……急に何だよ。俺、何かした？

力なく尋ねた広記に、綾乃は吐き捨てるように言った。

急じゃないよ、ずっと考えてたの。だって広記、大学のときと全然違うんだもん。それに、将来に見込みのない人と付き合っててもしょうがないから。

「僕たちはここで失礼します。今日はありがとうございました」

ホテルのエントランスで、高柳はペコリと頭を下げた。彼の腕には綾乃の細い腕がからみついている。

仲睦《なかむつ》まじい様子を目《ま》の当たりにしても、これといった感情が湧《わ》かないことを改めて実感しつつ、広記も笑顔で会釈《えしゃく》を返した。

「こちらこそ、ありがとうございました」

「二人で相談して、近いうちに連絡させていただきますね」

「はい、お待ちしています。お気を付けて」

それじゃあ、と高柳は踵《きびす》を返した。綾乃も彼に従《したが》う。ぴったり寄り添う彼女がかわいくて仕方がないようで、高柳の目じりは下がりっぱなしだ。

広記は軽く頭を下げ、去ってゆく二人を見送った。

全く予想していなかった綾乃との再会に、最初こそうろたえたものの、その後の打ち合わせには落ち着いて臨《のぞ》むことができた。もちろん広記も綾乃も、ただの『知り合い』というスタンスを崩《くず》さなかった。この分だと、問題なく幹事代行ができそうだ。

今考えると、綾乃が俺との別れを決めた気持ちもわからないでもない。

出入り口へと向かいつつ、広記は過去を振り返る。

いくら若いといってもこの不景気だ。三度目の就職ともなれば、希望の条件を備えた会社に入ることは難しい。将来性がないと判断されても仕方がなかった。当時は広記自身も、己《おのれ》の将来に対して強い不安を感じていたぐらいだから、綾乃はもっと不安だっただろう。

将来的に安定してそうな人と、幸せになってくれてよかった。

ほっと息をつきながらホテルを出ると、暖かな風がを撫《な》でた。頭上には青い空が広がっている。

今はもう、不安はない。消してくれたのは北條だ。彼が側《そば》にいて、広記の日常を賑《にぎ》やかにしてくれたから今がある。

まあ、めんどくさいこともけっこうあるけどな……。

一人苦笑した広記は、携帯電話を取り出した。マナーモードを通常モードに切り替える。それを待っていたかのように、仕事用のメールが届いたことを知らせる着信音が鳴った。画面に表示されたのは、見覚えのないアドレスである。

誰だろう。

不審に思いつつ、広記はメールを開いた。

綾乃です。久しぶり。まさか広記が大迫企画で働いてるとは思わなかったから、さっきはほんとにびっくりしたよ。一度二人だけで会えない？　連絡待ってます。

最後まで読み終えると同時に足が止まる。

何だこれ。

綾乃にも名刺を渡したから、彼女が広記のアドレスを知っているのは当然としても、肝心《かんじん》の二次会のことが一言も書かれていないのはおかしい。

しかも二人だけで、ってどういうことだ。打ち合わせじゃなく個人的に会いたいってことか？

「何で」

困惑を滲《にじ》ませた小さなつぶやきが、唇から漏《も》れた。高柳の隣にいた綾乃は、幸せそうに見えた。とうの昔に別れた男になど、今更用はないはずだ。

わけがわからん……。

広記は眉を寄せて携帯電話を閉じた。

とにかく今は、次の打ち合わせ場所へ急がねばならない。綾乃への返信は、それからだ。


「南、南て！」

パン、と目の前で手を打たれて、広記は驚いた。

脇《わき》を見遣ると、いつのまに近寄ってきていたのか、キッチンにいたはずの北條がいる。

「びっくりした。何だよ」

「何だよはこっちのセリフや。ご飯できたて何回も呼んでんのに、返事してくれんから」

北條から、彼の背後にあるローテーブルに視線を移す。そこには、ボリュームたっぷりの牛肉と野菜の炒《いた》め物とポテトサラダ、そしてこんもり盛られた飯が並んでいた。

「ああ、ごめん」

慌てて謝ると、北條は眉を寄せた。怒りの表情でも拗《す》ねた表情でもなく、心配そうな表情を浮かべる。

「今日はずっと難しい顔してんなあ。仕事で何かあった？」

いつもとは少し違う気遣うような声で問われ、広記は北條を見つめた。

俺がほんとに考え込んでるときは、こいつは強引には出てこない。

じわ、と胸が熱くなった。こういうところは好きだと素直に思う。わかってもらえている安心感がある。

「別に、何もねぇよ。今日は打ち合わせがたくさんあったから、ちょっと疲れただけだ」

元カノと偶然仕事で再会して、しかも二人だけで会おうと誘われた、などと正直に言うのもどうかと思ってごまかす。

しかし北條は愁眉《しゅうび》を開かない。上目遣《うわめづか》いでじっとこちらを見つめてくる。

「……嘘やな」

半眼《はんがん》の目でねめつけられ、広記は思わず顎《あご》を引いた。——怖い。

しかし黙るのは癪《しゃく》で、すかさず言い返す。

「嘘じゃない」

「嘘やー。仕事のこと違うんやったら、俺のことで何か考えてるんやろ。前もそういう顔してたとき、俺のこと疑《うたご》うてたもん」

一歩も引かないぞ、という決意を滲ませた口調に苦笑する。確かに以前、北條に恋人がいるのではないかと疑ったことがある。この男は人のことなど全く気にしていないようで、実はよく見ているのだ。余計《よけい》な詮索《せんさく》をされる前に、本当のことを言った方がいいだろう。

「一応仕事の話だからな。誰にも言うなよ」

前置きすると、うんうんうん、と北條は首を何度も縦《たて》に振った。張子《はりこ》の虎《とら》のような動作に、我知らず笑みが漏《も》れる。

「今日、仕事で大学んときに付き合ってた元カノに会ったんだよ」

事実をありのまま告げただけだったが、北條は大きく瞬《まばた》きをした。かと思うと、これ以上は無理という限界まで切れ長の双眸が丸くなる。形のいい薄い唇も、パカ、と開く。

何だこれ。おもしれぇ。

初めて見る間抜《まぬ》けな表情を、思わずじっと観察してしまう。

丸くなった目が、パチリと再び瞬きをした。次の瞬間、開きっぱなしになっていた口から、機関銃のように言葉が飛び出す。

「え、何？　何で？　南に会いに来たんか？」

「俺が大迫企画にいるって知らないで依頼してきたみたいだから、たぶん違うだろ。彼女、今度結婚すんだって。うちに電話してきたのも、彼女じゃなくて婚約者の人だしな。その二次会の幹事代行を請け負うことになって」

「ちょっと、ちょっと待って！」

「何だよ」

大声を出した上に、両手を勢いよく左右に振った北條に、広記は眉を寄せた。

目の前の端整な面立ちは、なぜか真っ青になっている。こういう顔色を見るのも初めてだ。

「何やない。依頼してきたみたいとか、たぶん違うとか、何なん、その曖昧《あいまい》な言い方」

みたい、と、たぶん、を強調した北條は、まさか、と一人情けない声をあげる。

「元カノと会《お》うたことを気にしてるってことは、今もまだ彼女が好きやて気付いたとか？　そんでより戻したいて思《おも》たとか」

「北條」

「これから結婚するってことは、まだ籍《せき》入れてへんのやろ。そしたら婚約解消したらええだけの話や。てことは何？　俺は捨てられて南は元カノとより戻して結婚」

「北條！」

先ほど自分がされたように、目の前で強く手を打ってやる。大きな音を合図に、北條はぴたりと口を噤《つぐ》んだ。

飼い主に叱《しか》られた犬――いや、この男の場合は猟師《りょうし》に狙《ねら》われた狼《おおかみ》か――のような有様に、あきれると同時に、何ともいえないおかしさを感じて、つい笑ってしまう。

「……何で笑うねん」

北條が恨みがましい視線を向けてくる。

それすらもおかしい。

「おまえが、ありえない方向に突っ走るからだろ。凄《すご》い妄想力だな」

「妄想ちゃう、想像や。南が曖昧な言い方するからやろ」

「俺はめちゃくちゃはっきりしてるよ。彼女に未練はないし、心も残ってない。結婚するってわかっても、嫉妬とか全然なかったしな。はっきりしないのは向こうの方だ」

さすがに笑ったのは悪かったと反省し、宥《なだ》めるように言う。嘘ではない。本当のことだ。

本日はありがとうございました。打ち合わせでしたら高柳さんとご一緒の方がいいでしょう。先に高柳さんと相談なさってから、改めてこちらに連絡をいただけますでしょうか。

一時間ほど置いてそう返信すると、間をあけずに綾乃からメールが届いた。

そんな冷たくしないでよ。会って話すぐらいいいでしょ。どうしても広記に聞いてもらいたいことがあるの。だからお願い。

困った顔や落ち込んだ顔、そして泣いた顔の絵文字がたくさん入ったメールだった。これはさすがにおかしいと感じ、今度は返信しなかった。

綾乃がどういうつもりで個人的なメールを送ってきたのかはわからないが、仕事がやりにくくなったことは確かだ。

「ダンナになる人は綾乃にベタボレだし、綾乃も幸せそうに見えたよ。それなのに、何でか二人だけで会いたいってメールがきて」

きて、という語尾にかぶせるように、サイドボードに置いてあった広記の携帯電話が鳴った。仕事関係の電話がかかってきたときのメロディだ。

「ちょっとごめん」

なぜか頬をひきつらせている北條に断って、電話を手にとる。画面に表示されているのは、見覚えのない番号だ。

綾乃の顔が脳裏に浮かぶ。

まさかな……。

嫌な予感を覚えつつ、広記は通話ボタンを押した。

『広記？　あたし、綾乃』

「はい、南です」

電話から聞こえてきた甘ったるい声に、広記は思い切り顔をしかめた。予感が当たってしまったようだ。

北條の不安そうな視線を横顔に感じつつ、こんばんは、と落ち着いた口調で応じる。

「今日はありがとうございました。何かご不明な点でもございましたか？」

『そんな他人みたいなしゃべり方やめてよ。ねえ、何でメールの返事くれないの？　あたし、ずっと待ってたのに』

「相談なら高柳さんにすればいいだろ」

『あたしは広記に聞いてもらいたいの』

「俺には、おまえの話を個人的に聞く理由がない」

淡々《たんたん》と答えると、電話の向こうの甘い空気が一変《いっぺん》した。

『何それ。ひどい！』

「綾乃」

落ち着かせるために、できる限り柔らかく呼ぶ。付き合っていた頃にも、こうして宥めたことが何度かあった。

「結婚式の二次会のことなら、いくらでも相談に乗るから。高柳さんと話し合って、また連絡をくれれば」

『もういい！』

ブツ、と唐突に電話は切れた。

「何なんだよ……」

つぶやいて携帯を耳から離すと同時に、南～、と恨めしげに呼ばれる。

振り返ると、目の前に北條の顔があった。わっと思わず声をあげる。

「今の、元カノやろ」

「そうだけど。俺が綾乃のこと何とも思ってないって、今のでわかっただろ」

端整な面立ちのあまりの近さに、後退《あとずさ》りながら言う。

するとと北條は上目遣いになった。

「元カノ、アヤノっていう名前なんや。そんで南は別れた今も呼び捨てにしてるんや。しかもめっちゃ優しい声で呼んだりするんや。ふうん。あ、そう。そうですか」

うわ、めんどくせぇ……。

嫉妬深《しっとぶか》いカノジョに、とうに終わった過去の恋愛を穿《ほじく》り出《だ》されている気分で、広記はため息をついた。

「言っとくけど、打ち合わせのときはちゃんと苗字《みょうじ》で呼んでたからな。おまえだってずっと呼び捨てにしてた彼女を、別れたからって苗字で呼んだりしないだろ」

「カノジョなんかおれへんもん」

北條は拗ねた口調で言う。

「今じゃなくて前の話だよ。大学で付き合った女の子とかいただろ?」

「おらん」

「嘘つけ」

「嘘ちゃうもん」

「じゃあカレシか」

「カレシもおらん」

きっぱり告げられて、広記はまじまじと北條を見つめた。北條も目をそらすことなく、こちらを見返してくる。

ここは北條が脇目《わきめ》もふらず、自分だけを想い続けていてくれたことに感激すべきなのだろう。実際、感激した。ずっと好きだったのは本当かもしれないが、さすがに恋人の一人や二人はいただろうと思っていたのだ。

しかし広記は、感動とは全く別のところで、純粋に驚いていた。

こいつ、こんな二枚目で童貞なのか？

それなのに、夜這《よば》いだの襲《おそ》うだの言ってたのか。

……ありえねぇ。

「コラ〜、笑うな〜」

「笑ってない。全然笑ってないぞ」

堪《こら》えきれずに頬を歪《ゆが》めながら、広記は答えた。地を這《は》うような声が、またおかしい。気遣ってくれる北條も好きだけれど、間抜けな北條はもっと好きだ。

「ああ、腹減ったな。飯食おうぜ、飯」

「うわー、めっちゃ声震えてるし肩も震えてるし。ムカつくわー、かわいさ余って憎さ百倍〜。でも笑《わろ》た南はかわいさ万倍〜」

「ごちゃごちゃうるせぇな。笑ってないって言ってんだろ」

言葉とは裏腹に笑いながら言って、広記は北條の額《ひたい》を軽く突いた。

北條は驚いたように瞬きをする。

その表情を目《ま》の当たりにして、広記も驚いてしまった。自《みずか》ら北條に触れるのは、これが初めてだ。一度殴ったことはあるが、さすがに触れたことにはならないだろう。

何かすげぇ恥ずかしい。

赤くなっているだろう顔を見せまいと、広記は北條を強引に押しのけた。そしてそそくさとローテーブルの前へ移動する。

「今日も旨《うま》そうだな。いただきます」

「あー、ごまかした～」

「ごまかしてない。綾乃……、元カノのことはほんとに何とも思ってないって。個人的なメールがきたことは、会社の人に相談するから心配すんな。この話はこれで終わり」

素《そ》っ気《け》なく言って口に入れた炒め物は、少し冷めてしまっていたが、充分旨かった。自然と箸《はし》が進む。綾乃からの電話でささくれた気分が凪《な》いでいるのを感じる。

考え込んでいても仕方がない。北條に言ったように、綾乃のことは明日、根本さんに相談しよう。そう決めると、気分は更に軽くなった。

正面に腰を下ろし、不満顔のまま食事を始めた北條をちらりと見遣る。

おまえのおかげだ、北條。

月曜は生憎《あいにく》の曇《くも》り空だったが、朝から気分がよかった。休日明けのサラリーマンたちが心なしか肩を落として通りを歩く中、広記《ひろき》の足取りはいつになく軽い。

昨夜《ゆうべ》の北条《ほうじょう》はおもしろかった。

帰り際《ぎわ》、北條はいつものように泊まるとごねた。今までと変わらず拒絶したが、経験のない男が必死で食い下がっていると考えると、内心おかしくて仕方がなかった。しかも必死になっているのは、長身の二枚目である北條なのだ。

その北條は、広記が元恋人を呼び捨てにしたことに対して、どうしても納得がいかなかったらしい。普通元カノ呼び捨てにするか？　せんよな、いや、するんか？　などとつぶやきながら帰っていった。ふらふらとした足取りで去ってゆく広い背中が妙にツボにはまり、おかしいやら愛《いと》しいやらで、しばらく笑いが止まらなかった。

北條が言葉で迫《せま》っても行動に移さないのは、臆病《おくびょう》だからという理由だけでなく、初めてだからというのも大きな理由なのかもしれない。

まあ俺も、そんなに経験があるわけじゃないけど。

大学へ入ってすぐに付き合い、半年ぐらいで別れてしまった女性と、その後に付き合った綾乃の二人だけだ。しかしそれでも、初めてとは違う。

一回も抱いた経験がないのに抱かれるのは、ちょっとかわいそうかもな。

最初ぐらいは、俺が抱かれてやってもいいか。

会社が入っているビルに足を踏み入れた広記は、自分の考えに自分で驚いて足を止めた。後ろから来たスーツ姿の女性が、迷惑そうに顔をしかめながら追い越してゆく。

――抱かれてやってもいいって何だ。

いいわけないだろう。アレをアソコに入れるんだぞ。

想像だけでも相当な抵抗がある。いくら北條が好きでも、絶対に無理だ。

己《おのれ》の思考の迷走ぶりに頬《ほお》をひきつらせつつ、どうにかエレベーターの前にたどり着いたところで、ふいに携帯電話が鳴った。会社から電話がかかってきたときの着信音である。

取り出した携帯の画面に出ていたのは、根本《ねもと》の名前だった。もう出勤するとわかっているはずなのに、わざわざ連絡してくるなんてどうしたのだろう。

とりあえずエレベーターの前から脇へずれた広記は、素早く通話ボタンを押した。

「はい、南《みなみ》です」

『今どこ？　もう会社に着く？』

挨拶《あいさつ》もなしに、いきなり声を潜《ひそ》めて尋《たず》ねられ、広記は眉を寄せた。

「一階のエレベーターの前にいますけど」

『あ、そうなんだ。じゃあちょっとそこで待っててくれる？　今から行くから』

「行くって、根本さんは今どこですか？」

『僕はもう会社に着いてるよ。すぐ行くからそこで待っててね』

急《せ》いた口調で言うなり、根本は通話を切ってしまった。仕方なく広記も通話を切る。こちらに話す間を与えないなんて、根本らしくない。

会社で何かあったのか？

……まさか、また倒産とか。

広記は急激に不安が襲ってくるのを感じた。過去の嫌な記憶が甦《よみがえ》ってきて、我知らず体が震える。

落ち着け。倒産って決まったわけじゃない。

必死で自分に言い聞かせていると、それほど間を置かずにエレベーターから根本が降りてきた。根本さん、と声をかけて駆け寄る。

「おはようございます」

「おはよう。足止めしてごめんね」

応じた根本の顔に浮かんだのは、どこかしら固さのある笑みだった。

「それはいいんですけど、何かあったんですか？」

早口で尋ねると、うん、と根本は小さく頷いた。そして電話で話したときと同じように、声を落とす。

「桂井《かつらい》綾乃《あやの》さん、知ってるよね」

広記は瞬《まばた》きをした。

なぜ今ここで、綾乃の名前が出てくるのか。

「昨日、結婚式の二次会の打ち合わせをした高柳《たかやなぎ》さんの、婚約者の方ですけど……」

「その方が今、会社に来ててね。担当の人が打ち合わせをしてくれないって苦情をおっしゃってるんだけど、心当たりある？」

気遣《きづか》わしげな問いかけに、広記は眉を寄せた。倒産ではなかったと心底安堵《あんど》する一方で、言《い》い様《よう》のない不快感が胸に湧《わ》く。

綾乃の奴、会社にまで来たのか。

「根本さん、ちょっと」

心配そうにこちらを見つめてくる根本を、広記はエレベーターから離れた場所へ促《うなが》した。事情があると察したらしく、根本はおとなしく従《したが》ってくれる。

灰皿が設置された壁際まで移動してから、広記は口を開いた。

「桂井さん、俺の大学の同級生で、前に付き合ってた人なんです。社会人になってからも、ちょっとの間付き合ってました」

「えっ、そうなの？」

目を丸くした根本に、はいと応じる。

「彼女から別れを切り出されて、一年以上前に終わってます。別れてからは一度も連絡してませんし、会ったこともありません」

事実をありのまま言うと、そうなんだ、と根本は頷いた。あまりにもあっさりと信じた彼に、広記の方が面食《めんく》らう。

こういうときって、ちょっとは疑わないか？

人間は自己弁護する生き物である。片方の意見だけを聞いて物事を判断するのは危険だ。

しかし根本は、ほんとに？　と念を押すこともなく話を進める。

「打ち合わせのとき、彼女の態度はどうだったの？」

「普通です。婚約者の方に俺を大学のときの知り合いだって紹介したんで、話を合わせました。でも後で、二人で会ってほしいってメールがきて」

「どう返信した？」

広記はスーツのポケットから携帯電話を取り出した。自分が綾乃に送ったメールを開き、根本に差し出す。

素早く目を通した根本は、ひとつ首を縦に振った。

「うん。妥当《だとう》だね」

「でもまたメールがきたんです。電話もきました。それで今日、根本さんに相談しようと思ってたところだったんです」

そうか、と再び頷いた根本は、広記に携帯電話を返して腕組みをした。珍しく眉間《みけん》に皺《しわ》ができている。

「メールも電話もだめだったから会社に来たんだな。担当は交代した方がいいね。――どうかした？」

広記に凝視《ぎょうし》されていることに気付いたらしく、根本が不思議そうな顔で見上げてくる。

「いえ、何か……、俺の話をそのまま信じてもらってるみたいだけど、いいのかなって」

「南君、嘘言ったの？」

「まさか。嘘なんか言ってません」

慌てて否定すると、根本はニッコリ笑った。

「桂井さんの様子がおかしかったこともあるけど、それだけじゃなくて、今日まで僕なりに南君のこと見てきたからね。信じてもいいってわかるよ」

「……ありがとうございます」

それどころではない状況だとわかっていても、嬉しかった。三度目の就職で精神的に疲れ果てていた自分を叱咤《しった》し、懸命に働いてきた甲斐《かい》はあったとしみじみ思う。

「南君と同い年ってことは、桂井さんて二十四か五だよね」

再び真顔になった根本が言う。

「まだ若いよな。本当にこの人でいいのかってマリッジブルーになってるときに元カレに会って、余計《よけい》にブルーになっちゃったのかも」

「それはないんじゃないですか？　彼女は恋人に将来性を求めてましたけど、高柳さんはその点、文句のつけようがない方だし」

「でも確か、随分《ずいぶん》年が離れてるんだよね」

「ええ、十五歳離れてるそうです」

頷いてみせると、なるほど、と根本はつぶやいた。

「年もだけど、南君と比べたら大抵の男は見劣《みおと》りするしなあ」

「え、そんなことないですよ」

広記にとって、二重《ふたえ》の双眸《そうぼう》と隆《たか》く細い鼻筋に代表される中性的な面立《おもだ》ちは、長い間コンプレックスでしかなかった。二十代半《なか》ばとなった今、それなりに男っぽくなったとは思うけれど、自分が思う『かっこよさ』からはほど遠い。

北條みたいな奴のことを、カッコイイって言うんだ。

ごく自然に、男っぽい鋭《するど》さを備《そな》えた顔を思い浮かべた広記は、ハッとした。

――俺はまた何を恥ずかしいこと考えてんだ。

「照れなくていいよ。僕だって最初見たとき、アイドルグループにいてもおかしくないなあって思ったもん」

明るく笑いながら広記の肩を叩いた根本は、すぐに真面目な顔になった。

「とりあえず、今から僕と一緒に桂井さんに会って話をしよう。あと、一度彼女と二人で話した方がいいかもね」

意外なことを言われて、え、と思わず声をあげる。

すると根本は苦笑した。

「わざわざ会社に来たぐらいだ。避《さ》ければ避けるほど行動がエスカレートするかもしれない。ただし、ほんとに二人きりになっちゃう場所は避けて、カフェとかレストランとか、人目があるところで会った方がいいな」

綾乃には確かに激しい一面があった。こうありたいという己の理想からはずれると、たちまち不機嫌になるのだ。学生の頃はまだましだったが、社会人になってから、そうした傾向《けいこう》が強くなった気がする。

「わかりました。一度話してみます」

落ち着いた口調で答えると、根本は頷いた。

「お客様もいろいろな方がおられる。これも勉強だよ。しっかりね」

向かいの席で、うーんとうなる北條に、広記はあきれた視線を向けた。

何回うなれば気が済むんだ。

二人の行きつけの、ごく庶民的《しょみんてき》な居酒屋に腰を落ち着けて約十分。北條はずっと難しい顔をしている。おかげで早々《そうそう》に運ばれてきた酒の肴《さかな》は冷める一方だ。

金曜の今日、二人とも会社帰りである。今までメールや電話のやりとりはしていたものの、実際に顔を合わせるのは日曜以来だ。待ち合わせた駅で、南、と笑顔で手を振る北條を見たとき、不覚にもほっとしてしまって、自分が疲れていることを実感した。

「何でおまえがそんなに考え込むんだよ。話をするだけだって言ってるだろ。それに会う約束をしたのはオープンな店だから、二人きりになるわけじゃないし」

バター醤油《しょうゆ》で味付けられたハンペンを口に運びつつ、広記は言った。近くでサラリーマンの集団が賑《にぎ》やかに騒いでいるので、声を落とす必要はない。

「けど、向こうは南に未練があるんやろ」

北條がうなっていたのは、偶然にも仕事の予定が入っていなかった明日の午後、綾乃と会うことを話したせいだ。

担当を交代する旨《むね》を説明すると、綾乃は怒った。一度担当になっておいて無責任じゃない。話も聞いてくれないし、この会社はいったいどうなってるの。別れを告げたときと同じように、一方的に広記を非難する彼女を、落ち着いた態度で取りなしたのは根本だ。

根本さんて、ほんとに凄《すご》い人だ。

広記が個人的に会うことを約束したせいもあるだろうが、納得がいかないという顔をしつつも、綾乃はおとなしく帰っていった。

「ちょっとナーバスになってるだけで、未練とは違うって」

手を振ってみせると、北條はきつく眉を寄せた。ドン！　とジョッキをテーブルに置き、ぐいとこちらに身を乗り出してくる。

「ちょっとナーバスどころやないやろ。個人的に会《お》うてほしい言うといて、拒否られたら会社に話もってくて支離滅裂《しりめつれつ》やないか」

「まあ、確かにそうだな」

「何でそんな落ち着いてんねん。なあ、俺も一緒に行こか」

冗談ではないとわかる真剣な物言いに、広記は思い切り顔をしかめた。

「何言ってんだ。絶対来んなよ。おまえがいたら余計に話がややこしくなるだろうが」

「ちゃんと変装してくから〜、そんで柱の陰からそっと見守るだけにするから〜」

「ガキじゃあるまいし、見守ってもらわなくても大丈夫だ」

ええー、と北條は情けない声をあげる。

「南をそんなヤバそうな人と会わせたない〜。それに南、微妙に元カノに優しいし〜」

「はあ？　別に優しいわけじゃない。神経を逆撫《さかな》でしないようにしてるだけだ」

ムッとして言い返すと、北條もムッとしたように口をへの字に曲げた。どうやら嫉妬半分、心配半分のようだ。相手が元恋人だからこそ隠さずに話した方がいいと思ったのだが、こんなに気にするなら黙っていた方がよかったかもしれない。

しょうがない奴だな……。

ため息を落とした広記は、北條を宥めるために口を開いた。

「まあ俺も正直、会社に来たって聞いたときはびっくりしたよ。付き合ってるときも思い込みの激しいとこはあったけど、人目を気にしないで騒ぐようなことはなかったから」

「別れてから性格が変わったってこと？」

眉を寄せたまま尋ねた北條に、いや、と首を横に振る。

「社会に出てからきついことが多くて、もともと持ってた性格が悪い方へ転んだんだと思う。俺自身も社会人になって一年目は、精神的にかなり不安定だったからな」

そか、と北條は神妙《しんみょう》に相づちを打った。つい先ほどまで散々《さんざん》ごねていたのが嘘のように黙り込み、ビールをあおる。

ほらな、こいつはこういうときには茶化《ちゃか》したりしない。

二度倒産の憂《う》き目《め》に遭《あ》い、今の会社に就職したことは既に話してあるが、その間どうすごしたか、具体的に説明したことはない。己の弱さをさらすようで、かっこ悪いと思ったからだ。北條に限らず友人や家族にも、不安定だったと口にしたことはなかった。

しかし今は素直に話せた。北條に気を許している証拠だ。

そういうの、わかってんのかな。

コンニャクの煮物を口へ運ぶ北條を見つめ、心の内だけでつぶやく。

見当違《けんとうちが》いの嫉妬なんかしてないで察しろよ。俺はけっこうおまえのこと好きなんだ。

——て、思ってるだけじゃ伝わらないか。

口に出せばいいとわかっているのに、言葉にならない。いざ伝えようとすると、照れと意地が先行してしまい、唇が固まってしまう。

素直になれない自分に情けなさと不甲斐《ふがい》なさを感じつつ、広記は口を開いた。

「もし一年前に会ってたら、おまえだって俺をどう思ったかわかんないぞ。こんなのは俺の知ってる南じゃないって失望して、嫌いになってたかも」

自嘲《じちょう》気味に言うと、北條は瞬きをした。しかしすぐ首を横に振る。

「それはないよ」

「何で。そんなのわかんないだろ」

「わかるて。おかしい思《おも》たとしても、俺は待ったし、支えた。もちろん、南が支えることを許してくれたらやけど」

存外《ぞんがい》真面目な答えに、広記は笑った。

「何だそりゃ。そんな下手《したて》に出たら、きっと八つ当たりされるぞ。あとめちゃくちゃな愚痴《ぐち》言ったりとかな。それでもいいのかよ」

「ええよ。南は、不安定やったら逆に強がって、絶対弱み見せんように平気なふりすると思うねん。そういう南に愚痴言われたり、八つ当たりされたりするんは、心を許してもらえてるってことやろ。それやったら嬉しい」

いつもの間延びした物言いとは少し異なる、ゆっくりとした穏《おだ》やかな口調だった。不思議な深さと甘さのある声は、驚くほどすんなりと心に染みてゆく。

「それに、時間がかかったとしても、南はちゃんと自分を取り戻す。なし崩しに悪い方へいったりせんと踏《ふ》ん張《ば》れる人やてわかってるから、待てるし支えられる。実際、今はもう不安定とちゃうやろ?」

じわりと胸の奥が熱くなるのを感じて、広記はスーツの上着の上からそこを押さえた。叫びだしたいような歓喜と共に、なぜか泣きたいような切ないような、複雑な感情が湧いてきて、思わずきつく目を閉じる。

何なんだ、その信頼は。その献身《けんしん》は。

「……そんなの、おまえの買いかぶりだ」

「買いかぶりとちゃうよ。南のことをめっちゃよう見てる俺が言うんやから、間違いないいて」

「バカ。俺が違うって言ってんだから違うに決まってんだろ。おまえの目なんかフシアナだ。俺はそんなできた人間じゃない」

ぶっきらぼうに言って、うつむいたままゆっくり目を開ける。

視界に飛び込んできた傷だらけのテーブルは、わずかに滲《にじ》んで見えた。それがほどよくまわったアルコールのせいだけでないことは、素直ではない広記も認めざるをえない。北條を想う心に、体が強く引っ張られるのを感じる。

ああもう、抱くとか抱かれるとか、そんなのはどっちでもいいじゃないか。

北條が抱きたいなら、抱かれてやればいい。

「……北條」

ようやく呼んだ声は掠《かす》れた。

「明日、朝早いのか」

「え？ 明日はいつも通りやけど。何？ やっとうちに泊まる気になってくれたんか？」

からかうように尋ねられ、広記は再び口を噤《つぐ》んだ。いつもなら、なるかバカ！ とすかさず怒鳴《どな》っているところだ。

しかし今は、うつむけた顔も耳も首筋も、やたらと熱かった。きっとどこもかしこも真っ赤《まっか》になっているだろう。おまけに心臓は、初恋の相手に告白したときよりも早い鼓動《こどう》を刻んでいる。

沈黙がテーブルを支配した。店内のざわめきと、テレビから流れてくる懐《なつ》メロが、やけに大きく耳に響く。

「……マジで泊まってくれるんか？」

恐る恐る、という風に問われて、無言で頷く。それが今の広記にできる、精一杯の意志表示だった。

一方の北條は、へ、と間の抜けた驚きの声をあげる。

「何？　何で急に？」

「別にいいだろ、急でも何でも」

おまえのことが凄く好きだから抱かれてもいいと思った、などと言えるはずもなく、殊更素《ことさらそ》っ気《け》なく答える。

一瞬、言葉につまった北條だったが、すぐに口を開いた。

「そんな無理せんでええんやで」

「無理じゃない」

「そしたら自棄《やけ》になってるとか」

「何で俺が自棄になる必要があるんだよ」

「せやかて酒入ってるし」

「酒が入ってたらだめなのか」

「だめとかそういう問題と違《ちご》て。南も明日、午前中は仕事やろ？」

矢継《やつ》ぎ早《ばや》にくり出される問いかけに律儀《りちぎ》に答えていた広記は、次第に腹が立ってきた。こちらは男のプライドを捨てて、全面的に譲歩《じょうほ》しているのだ。それなのに、なぜ素直に喜ばないのか。

恥ずかしさと怒りが相俟《あいま》って、うつむいたまま低く怒鳴る。

「ごちゃごちゃうるせぇな！　酒が入ってようが素面《しらふ》だろうが、仕事があろうがなかろうが、俺が泊まるって言ってんだからいいんだよ！　それとも何か、俺がそういう気分になったら悪いのか！」

「や、悪《わる》うはないけど……」

北條は珍しく口ごもった。下を向いてしまったのが、視界の端に映る。

——何だよ、その困ったみたいな態度。

泊まるって言い出した俺がバカみたいじゃないか。

「もういい。帰る」

不機嫌を隠さずに言って席を立つ。

すると、南、と慌てたように呼ばれた。同時に強く腕をつかまれる。

「何だよ。離せ」

咄嗟《とっさ》に振り払おうとしたが、北條の指はしっかりと袖をつかんで離さない。

思わず見上げた先にあった端整《たんせい》な面立ちに、笑みはなかった。かわりに映っていたのは真剣な表情だ。真剣すぎて強張《こわば》って見える。

「泊まってって」
囁いた声も、強張っていた。

北條のマンションを訪《たず》ねるのは二度目だ。一度目に来たときは、まだ北條への気持ちをきちんと自覚していなかったから、付き合うようになってからは初めてである。

北條に続いてリビングに入った広記は、ごくりと息を飲んだ。

めちゃくちゃ緊張する。

初めて北條とセックスをするというだけでなく、異性を抱いた経験しかない自分が同性に抱かれるのだから、緊張して当たり前だ。

しかし今、広記を必要以上に硬くさせているものが、他にもある。

こいつのこの態度だよ……。

リビングの真ん中で立ち止まった北條は、天井を仰《あお》いだ。こちらを振り向くことなく、あー、えー、と意味のない言葉をつぶやく。広い背中から感じられるのは、情欲ではなく異様なまでの緊張だ。

ほんまにええんか？　マジで？　やっぱり嫌やとかない？　後でせんかったらよかったとか

言わん？

そんな風にしつこく尋ねてきている間は、まだよかった。何を言っても広記の意志が変わらなかったためか、あるいは他に理由があるのか。口八丁《くちはっちょう》の北條が、マンションが近付くにつれて無口になっていったのだ。

童貞だからやり方がわかんないのか？

インターネットが発達したこの時代に、それはないだろう。

じゃあ俺にヘタとか言われるのが嫌だとか？

そんなの、俺だって男は初めてなんだから、ヘタか上手《うま》いかなんてわかんねぇよ。

ああ、でも北條はもともと、関西弁で言うところの『ええカッコしぃ』だったんだっけ。

ええカッコしぃが、格好をつけたがる、という意味であることは、北條の祖父に教えてもらった。上京していた彼とメール友達になったのは、二ヵ月ほど前のことだ。

……つーか、いつまで突っ立ってる気だ。

四月も半《なか》ばとはいえ、夜はまだひんやりとする。スリッパを履《は》いていない靴下の中の足先は、フローリングに熱を奪われて冷たくなってきていた。それなのに北條はまだ、あー、でもなー、と天井相手にぶつぶつとつぶやいている。

先に痺《しび》れを切らしたのは広記の方だ。照れや羞恥《しゅうち》より苛立《いらだ》ちが勝《まさ》り、おい、と声をかける。

すると北條は、滑稽《こっけい》なほど背中を強張らせた。それでも無視はせず、まるで怖いものが背後にいるかのように、そろそろと振り向く。

ともすれば逃げそうになる眼鏡《めがね》の向こうの切れ長の双眸を、広記はまっすぐに捕らえた。

「やるのか、やらないのか、どっちだ」

「やるてそんなアカラサマな……」

「男同士で遠まわしな言い方しても意味ないだろ」

「それはそうやけど……」

北條の答えは煮え切らない。こちらを見つめ返す瞳にも、困惑が色濃く映っている。

何なんだよ、さっきから。

「襲うだの何だのってアカラサマなこと言ってたのはおまえだろうが。あれは全部冗談だったのか。おまえは俺とやりたくないのか？」

わざと挑発するように言ってやると、北條は目を見開いた。

「そらやりたい！　やりたいけど……」

一度は確かに爆《は》ぜた熱が、再び内に潜《もぐ》ってしまう。かろうじて合っていた視線も、ぎこちなく床にそれた。

実に北條らしくない態度を目の当《ま》たりにして、広記は胸の奥がしめつけられるような錯覚《さっかく》を覚えた。限界まで膨《ふく》らんでいた苛立ちが、言《い》い様《よう》のない惨《みじ》めさに変化してゆく。

——北條は本当は、俺とやりたくないのか？

拳《こぶし》を握りしめると同時に、目の奥が鋭い痛みを訴《うった》えた。歪んだ顔を見られたくなくて無言で踵《きびす》を返すと、南、と焦《あせ》ったように呼ばれる。

その声が耳に届いた瞬間、カッと頭に血が上った。考えるより先に振り返り、感情のまま怒鳴る。

「何でまた引き止めんだよ！　やりたくねぇなら飲んでたあのときに引きとめなきゃよかっただろ！」

「せやかて南、元カノと再会してから急に態度が軟化《なんか》したから！」

思わず、といった感じで言い返されて、広記は眉を寄せた。意味がわからない。

「今は綾乃のことは関係ないだろ」

「ほんまに関係ないか？　元カノと再会して、ちょっとでも心が動かんかったか？　俺とやってもええて思《おも》たことに、元カノの存在は全然関係ないか」

「そりゃ、ないとは言えないけど」

必死な表情で問いかける北條に、戸惑いながら答える。

綾乃と再会しなかったら、北條が誰とも付き合ったことがない童貞だと知ることはなかっただろう。それに、身に余るほどの北條の信頼と献身を実感することもなかったはずだ。きっと、抱く抱かれるの役割分担を話し合うことなく、自分が抱かれてもいいなどとは思わなかったに違いない。実際、それまでは素直になれなくて拒絶してばかりだった。

「何かがあって考え方が変わったり、気持ちが動いたりするのは普通だろ。別におかしなことじゃない」

「何かやないやろ。元カノやろ」

またしても間を置かずに返されて、広記は顔をしかめた。

「おまえ、俺の話を聞いてなかったのか？　綾乃とは、仕事に支障が出ると困るから仕方なく会うんだ。恋愛感情なんかない」

きっぱり言い切ると、北條は怯《ひる》んだように顎を引いた。

しかし険《けわ》しい表情は晴れない。こちらを見下ろす眼差《まなざ》しに臆病《おくびょう》な色がよぎる。

「……男と女や。二人きりで会《お》うたら、何が起こるかわからんやろ」

うなるように発せられた言葉に、広記は大きく目を見開いた。

「おまえ……」

それ本気で言ってんのか、と続けようとするが、北條に遮《さえぎ》られる。

「そういうこと抜きにしても、元カノと再会してまだ五日ぐらいやないか。短すぎる。ゆっくり時間かけて自然に、俺とやりたい思てくれたんとちゃうやろ。あと何日か経って落ち着いたら、やっぱりせんかったらよかったたて後悔するかもしれん。俺は南に後悔されるんは嫌や」

「何だそれ。俺がおまえに抱かれてもいいって思ったのは、気の迷いだとでも言うのかよ」

怒りなのか苛立ちなのか、情けなさなのか。どれともつかない激情の中で、広記は漸《ようよ》う尋ねた。

「……そうかもしれんやろ」

搾《しぼ》り出《だ》すように答えた北條を、まじまじと見つめる。

眼鏡の奥の双眸に映っているのは、怯えと不安。そして真剣な色だ。

――北條は本気だ。

悟《さと》った次の瞬間、手が出た。

北條の眼鏡が宙を飛ぶ。同時に、張り倒された北條自身も勢いよく床に倒れ込む。ドン！という派手な音がリビングに響いた。

「ふざけんなバカ野郎！　俺は女が好きなんだ、入れたことしかないんだよ！　気の迷いで男に掘られてもいいなんて思うわけないだろうがボケ！」

怒鳴りちらした広記は、今度こそ踵を返した。怒りのあまり視界が揺れる。頭の天から足指の先まで、やたらと熱い。

南、と呼ばれた気がしたが、返事はしなかった。もちろん立ち止まることも、振り返ることもしなかった。

マンションへ帰って風呂に入っても、怒りは治まらなかった。気を鎮《しず》めるために缶ビールを飲んでみたが、逆に頭が冴《さ》えてしまった。

何もかも北條のせいだ。あいつがあんなネガティブヘタレだとは思わなかった。

しかも、追いかけても来やがらねぇ。

勢いよくローテーブルにおろした缶が、ガチ、と耳障《みみざわ》りな音をたてる。おざなりにつけたテレビの内容は、少しも頭に入ってこない。

ゆっくり時間をかけて自然に。

物事を決めたり、行動に移したりするとき、そうできたらいいとは思う。

しかし人生は、予期せぬ出来事の連続だ。少なくとも社会に出てからの広記の人生は、自分ではどうすることもできない出来事によって、学生の頃には想像もしなかった方向へ転がされてきた。落ち着いてからゆっくり、などと呑気《のんき》なことを言っている暇などなく、不安と焦《あせ》りの只中《ただなか》で、後の人生を左右するような大事を決断しなくてはならなかった。

後悔だっていっぱいしたよ。

最初に入った会社が倒産したときも、二度目に就職した会社が潰《つぶ》れたときも、なぜこの会社を選んでしまったのかと散々《さんざん》後悔した。今思い出すと恥ずかしいが、なぜこんな時代に生まれてしまったのか、せめてあと一年早く生まれていればと、埒《らち》もない恨《うら》み言《ごと》をつぶやいたこともある。

けど、後悔してないこともたくさんある。今の会社に三度目の就職を決めたことは、少しも後悔していない。接客への苦手意識もなくなったし、アニバーサリーイベントを作り上げることに、やりがいを感じてもいる。綾乃と別れたことも後悔していない。付き合い続けたとしても、無駄に傷つけ合うばかりだったと思うからだ。

そしてもちろん、北條を好きになったことも後悔していない。

男と女や。二人きりで会《お》うたら、何が起こるかわからんやろ。

ふいに北條の言葉が思い出された。こちらを見つめる切れ長の双眸に垣間見《かいまみ》えた、臆病な色が脳裏《のうり》に浮かぶ。

あいつ、ほんとはめちゃくちゃ不安だったのか？

普段は傍若無人《ぼうじゃくぶじん》なくせに、最後の一線には踏み込まない。北條が臆病だからだとわかってはいたが、まさか元恋人との仲を気にするほど自信がないとは思わなかった。

なし崩《くず》しに悪い方へいったりせんと踏ん張れる人やてわかってるから。

俺のことをそんな風に言ったのはおまえだろうが。何で信用しないんだよ。

――いや、信用なんて無理か。

だって俺は北條に、自分の気持ちを素直に伝えたことがない。

居酒屋で飲んでいたとき、抱かれてもいいと思ったが、直接言葉にはしなかった。明日、朝早いのか。そんな曖昧な問いかけだけで、北條に全てをわからせて行動させようとした。

今更だが、おまえが好きだから抱かれたいと、はっきり言えばよかったと思う。そうすれば北條は、広記の気持ちをその場限りのものではないと確信できただろう。

「ヘタレは俺だ……」

怒りのかわりに湧いてきた罪悪感の重さに耐えかねて、広記は項垂《うなだ》れた。その拍子《ひょうし》に、ベッドに脱ぎ捨てたスーツの上着が目にとまる。ポケットの中の携帯電話は電源を切ったままだ。

北條の奴、電話してきてるかな。

そろそろと上着をつかみ寄せ、携帯電話を取り出す。

電源を入れると、電話の着信が七回あったことがわかった。全て北條からだ。

「バカじゃねぇの……」

そんなに何回もかけてくるぐらいなら、思い切って抱けばよかったんだ。

──こういうこと考える俺もだめだよな。

己は棚《たな》に上げて、北條にばかり求めすぎている。

自己嫌悪のため息を落とした広記は、今度はメールを確認した。仕事関係が二件と、大学の同級生からが二件。どれも緊急の用件ではなさそうだ。気のない動作でメールを開こうとすると、いきなり携帯電話が鳴って、わ、と思わず声をあげる。

北條か？

慌てて確認した画面に出ていたのは、北條の名前ではなかった。川口捨蔵《かわぐちすてぞう》。北條の祖父だ。時折メールのやりとりはしているが、電話をかけてくることは珍しい。

テレビを消した広記は、通話ボタンを押して携帯を耳に当てた。

「はい、南です」

『おお、南君か』

なぜか驚いたような物言いをした捨蔵に、はい、と返事をする。

『わしやわしや捨蔵や。夜遅《おそ》うにすまんな、今家か、電話してて大丈夫か』

押しの強い伝法《でんぽう》な口調は相変わらずだ。我知らず笑みが漏《も》れる。

「家にいますから大丈夫ですよ」

『そうか。久しぶりやな、元気か、元気ですか？』

「元気です。川口さんもお元気ですか？」

『おう、ピンピンしとるでぇ。それより川口さんてえらい水臭いやないけ。じいちゃんでええぞ。南君は孫も同然やからな』

ワハハ、と捨蔵は豪快《ごうかい》に笑う。彼は北條と広記が付き合っていることを知っているのだ。広記に孫を頼むと迫《せま》り、強引に承諾《しょうだく》させたのは、他ならぬこの老人である。

『南君、礼一《れいいち》が何《なん》かしよったやろ』

いきなり言い当てられて、え、と声をあげてしまう。決まり悪さも手伝い、広記は口ごもるように答えた。

「や、あの、別に何もしてませんけど……」

『わしに気ぃ遣《つか》うことといらんぞ。さっき礼一に用があって電話したら、様子がおかしいてな。どないしたんやて聞いても何でもないて言い張りよるさかい、嘘つけて怒鳴ったとこや』

「……何で嘘だってわかったんですか」

『しゃべり方がおかしかったからな。痺れとるんか腫《は》れとるんか知らんが、発音がうまいことできてへんかった。せやからきっと、また南君に殴《なぐ》られよったんや思て』

今度は、あ、と声をあげる。きっと力まかせに張られた頰が痛んだのだろう。

張ったっていうか、殴ったに近いよな、あれは……。

「すみません……」

『うん？　謝る必要ないぞ。南君が悪いわけやないやろうからな』

「理由をお聞きになったんですか？」

『まさか。なんぼ孫でも二十歳《はたち》をとうに超えた男にそこまで聞かん。けど何かやらかしたとしたら礼一や。南君は手前勝手な理由で人を殴ったりせんやろ』

当然、という物言いをした捨蔵に、広記は苦笑した。確かに理由もなく人を殴ったりはしないけれど。

北條といいこの人といい、俺を美化しすぎだ。

「でも俺が悪くないかって言ったら、そうじゃない。北條、くんだけが悪いわけじゃないんです。俺も悪いところがあった」

己の非《ひ》を認める言葉は、自分でも驚くほど呆気《あっけ》なく口をついて出た。

ああ、相手が北條じゃないからか……。

こういうところが、まさに悪いところだ。最初からもっと素直になっていれば、揉《も》めずに済んだはずである。

『相変わらずオトコマエやなあ、南君』

嬉しそうに笑った捨蔵に、広記は自嘲のため息を落とした。

「からかわないでください」

『からこうてへんぞ。わしから見ても相当なひねくれモンの礼一を受け入れてくれたんや、オトコマエやで』

「俺なんか全然オトコマエじゃないです。もしかしたら、北條君よりひねくれてるかもしれない」

『それやったらそれで、ひねくれ同士でええやないか』

あっさり言ってのけた捨蔵に驚いていると、南君、と呼ばれた。

『南君と離れてた間、礼一はずっと南君への気持ちをどないするか考えとった。傍《はた》で見てるわしのがじれっとうなって、そない好きやったら伝えに行けてけしかけたこともある。そんでも礼一はなかなか腰を上げよらんかった。あいつ、ひねくれとるくせに肝心《かんじん》なとこはビビリやさかいな。あきらめよう、忘れようて思たこともあったみたいや』

初耳だった。考えてみれば、高校の二年間を含めると、北條は広記に告白するまで九年もかかっているのだ。あきらめようと思ったことがあっても不思議はない。北條にとっては本当に、苦悩の末の告白だったのだろう。

その点俺は、北條を好きになってまだ二ヵ月だ。

好きな気持ちに時間の長さなど問題ではないとはいえ、あまりに短い。しかも、もともと北條のことは、ただのクラスメイトとしてすら好きではなかった。北條がネガティブになったのは、その辺りにも原因があるのかもしれない。

『そんでも、どないしてもあきらめきれんかったんやな、去年、ようやっと南君に会うために東京へ帰るて言いよった。それぐらい南君のことが好きなんや』

訴《うった》えかけるような捨蔵の口調に、はい、と広記は素直に頷いた。

臆病になるのは好きだからだ。どう思われてもいい人に、臆病にはならない。

「北條が俺を好きなことは、わかってます。でも俺も、北條が好きです。気持ちの強さは負けてない」

迷うことなくきっぱり言い切ると、捨蔵は豪快に笑った。

『それ、礼一に直接言うてやってくれんか。何回かけても電話がつながらん言うてしょげとったさかい』

「ああ、それでさっきつながったとき驚かれたんですね」

『せや。こうやってわしが南君と話してる間も電話かけとったら、全然つながらへんさかいイライラしとるやろな』

捨蔵は楽しそうだ。早く電話を切って孫を安心させてやろうという気はないらしい。急《せ》く様子もなく、ゆっくり続ける。

『あいつのひねくれた性格を余計にややこしいしてしもたんは、ひょっとしたらわしかもしらん。わしが世話かけたせいで、礼一もせんでええ苦労した』

「でも、それが家族でしょう」

広記の言葉に、捨蔵は一瞬、沈黙した。そして感心したようなため息をつく。

『南君、もし礼一をふることになっても、礼一関係なしでわしとツレでおってくれな』

「何ですかそれ。ふりませんから安心してください」

笑いながら言うと、捨蔵もまた笑った。

『遅うに邪魔してすまんかったな』

「こちらこそ。ご心配かけてすみません」

『心配なんかしてへんぞ。最終的にはノロケ聞かされた気ぃするしな。また何かあったらメールか電話してくれ。そしたらな』

ノロケという言葉に赤面しつつ、おやすみなさいと返して通話を切る。

改めて画面を確認すると、北條からの電話の着信が二度あった。捨蔵と話している間にも、やはりかけてきていたようだ。

更にメールも入っていた。こちらは二分ほど前に届いたばかりだ。広記はそのメールを開いた。

直接話したかったけど、つながらへんからメールを送ります。さっきは南の気持ちも考えんと、ほんまにごめんなさい。けど俺、南に後悔されたないねん。南に後悔されるんが怖い。好きやから怖い。自分勝手でごめん。でも南が好きです。これだけは本当です。信じてください。また明日電話します。

最後まで読み終えた広記は、長い息を吐いた。関西弁と標準語、敬語とタメ口。様々な文章が入り混じっているものの、絵文字がひとつも入っていない文面が、北條の焦りと真剣さを伝えてくる。

「メールなんかしてないで会いに来いよ、ヘタレが」

無意識のうちにつぶやいてから、舌打ちする。北條に対してではない。自分自身に対してだ。俺も勝手だ。据《す》え膳《ぜん》を食えないぐらい怖がってる奴が、さっきの今で会いに来れるわけないだろう。

広記は字ばかり並んだ画面を改めて見つめた。

北條はどんな顔をしてこの文章を打ったのか。真剣な顔か、必死な顔か、泣きそうな顔か。

想像すると、あきれとも愛《いと》しさともつかない、不思議なあたたかさが胸に湧いた。

好きだ、と思う。おまえのそういう器用そうに見えて、不器用なところが好きだ。

——北條が今は怖くてできないって言うんなら、待つか。

その間、今まで素直になれなかった分、もっと優しくしよう。甘い空気も作ろう。自分から好きだと伝えてキスもしよう。臆病なあの男が怖くなくなる時間が、少しでも早まるように。

一人頷いて、広記は返信のボタンを押した。

とりあえず、率直な言葉でメールを返すことから始めるのだ。


綾乃《あやの》と会う約束をしたカフェは、道路側の壁が全面ガラスになっていて見通しがよかった。ゆったりとした空間を演出するためだろう、テーブル同士の間隔《かんかく》は大きく開いており、死角が少ない。しかも今時珍しく、店員の数が多い。今まで打ち合わせで利用してきた店の中から、綾乃と二人きりで会うのに最も相応《ふさわ》しいと判断したカフェだ。

遅れると機嫌を損《そこ》ねるかもしれないので、早めに家を出た。カフェに着いたのは待ち合わせの時刻の二十分前である。さすがに綾乃はまだ来ていない。

窓際の席に腰かけた広記《ひろき》は、昼下がりの陽光が降り注ぐ通りを眺めた。今日は朝から天気が良く、空気も乾いていて心地《ここち》好い。

とっくの昔に別れた元カレに何を聞いてもらいたいんだか。

自然とため息が漏《も》れる。正直、今の広記の中には、綾乃が入る隙《すき》など欠片《かけら》もない。頭にあるのは北條《ほうじょう》のことだけだ。

おまえの気持ちはわかった。今日のことは気にしてないから、おまえも気にすんな。殴《なぐ》って悪かった。ちゃんと冷やしとけよ。明日、元カノと話してくる。おまえが心配することは何もない。終わったらすぐに会いに行くから。

昨夜《ゆうべ》、そう北條にメールを返した。俺もおまえが好きだという一文を入れようか入れまいか散々《さんざん》迷って、結局入れなかった。素直になると決めたからといって、急になれるものではないらしい。会いに行くという言葉だけで精一杯だった。

しかし北條は、広記からのメールに感激したようだ。ありがとう！　とだけ打ったメールが数分もしないうちに返ってきて驚いた。

今日会ったら、ちゃんと好きだって言わないとな。

改めて決心したそのとき、店のドアが開いた。綾乃だ。革《かわ》のジャケットにティアードスカートという格好《かっこう》である。細身の美人である彼女に、男性客の目が吸い寄せられる。

それらの視線を満足げに受け止めた綾乃は、しかし彼らを振り返ることはなく、広記に向かってニッコリと笑った。会社へ押しかけてきたときのような鬼気迫《ききせま》る感じはないが、用心するに超したことはない。

「お待たせ。早かったんだね」

「いや、そんなに待ってないから」

やっぱり俺は、綾乃を見ても何も感じない。

改めてそのことを実感していると、綾乃は躊躇《ちゅうちょ》することなく広記の正面に腰を下ろした。

すかさず寄ってきたウェイターに、アイスティーと告げる。

「私、ここ来るの初めて。広記、こんなお店知ってるんだ」

上機嫌で店内を見渡す彼女に、頷いてみせる。

「前に打ち合わせで来たことがあるから」

「打ち合わせって、大迫《おおさこ》企画の仕事だよね」

「そうだけど」

「ねえ、いつから今の会社にいるの？　言ってくれればよかったのに」

「言うって」

「就職。決まったんだったら言ってよ」

「今の会社に就職したの、別れた後だったんだよ」

淡々と応じると、綾乃はきれいな弧《こ》を描く眉を寄せた。

「後でも教えてくれればよかったでしょ」

「何で」

「考え直したかもしれないじゃん」

「何を」

「もう、鈍《にぶ》いなあ。よりを戻したかもしれないってこと！」

頰《ほお》を膨《ふく》らませた彼女に、ああ、と広記は曖昧《あいまい》な返事をした。

確かに、最初に就職した会社——否《いな》、せめて二度目に就職した会社が倒産しなければ、綾乃と別れることはなかっただろう。もしかしたら結婚もしたかもしれない。

しかし会社は倒産した。綾乃とは別れた。

それが現実だ。

「そういうことを言うのは、冗談でも高柳《たかやなぎ》さんに失礼だぞ」

軽く受け流すと、綾乃はぷいと横を向いた。

「その名前は出さないで。私、ちょっと早まったかもって思ってるんだ」

「何で」

「マー君はお金持ってるし優しいけど、それだけの人だし。ルックスだって好みじゃないし、年だって凄《すご》く離れてるし」

「先週の打ち合わせのときは仲良さそうにしてたじゃないか」

ため息まじりに言って、冷めたコーヒーを口に運ぶ。

「それってヤキモチ？」

嬉しそうに問われて、広記は思わず綾乃に向き直った。

そこにあったのは、勝《か》ち誇《ほこ》った顔だった。

どうやら殊更睦《ことさらむつ》まじく振る舞ったのは、広記に見せつけて妬《や》かせるためだったらしい。もしかしたら打ち合わせの時点で、安定した華やかな仕事についたのなら、元恋人の方がいいと判断していたのかもしれない。

「妬いてないよ。妬く必要もないしな。それより、聞いてほしい話って何」

話を強引に断《た》ち切《き》って尋ねる。

すると綾乃は驚いたように目を丸くした。一瞬、ムッとした顔になったものの、すぐに上目《うわめ》遣《づか》いで見つめてくる。

「だから、今言ったでしょ。結婚やめようかなって思ってるの」

「そういう話は高柳さんにするべきだろ。俺にされても困る」

「相談に乗ってくれたっていいじゃない」

綾乃は拗《す》ねたように唇を尖《とが》らせた。北條もよくする表情だ。

北條の方がずっとカワイイとか思う俺は、いろいろ終わってるかもしれない……。

内心で苦笑した広記は、優しくはなく、かといって冷たくもない口調で答えた。

「それはできない。高柳さんに依頼を受けてるし、この前も電話で言ったけど、おまえの個人的な相談に乗る理由がない」

言い切ると同時に、アイスティーが運ばれてきた。お待たせしました、と声をかけるウェイターを無視して、綾乃はこちらをにらみつける。

「理由がないって何よ。元恋人でしょ」

「元、な。今は違う」

「あたしはよりを戻してあげてもいいって言ってるのよ」

不穏《ふおん》な空気に、ウェイターはそそくさと去ってゆく。その背を見送った広記は、視界の端をかすめた長身の男に目をとめた。

大振りのセルフレームの眼鏡《めがね》をかけ、キャップを深く被《かぶ》っているが、当然のことながらスラリと伸びた体軀《たいく》は隠しきれていない。パーカーにジーンズ、スニーカーというストリート系の服装を完璧に着こなしている。

間違いない。北條だ。

いつからいたんだ。全然気付かなかった。

どの店で会うかは話したが、待ち合わせた時刻までは話していなかったのに。

「ねえ、広記、聞いてるの？」

怒ったように呼ばれて、広記は慌てて視線を綾乃へ戻した。

「ああ、聞いてるよ。でも俺、付き合ってる人いるから」

北條に聞かせるつもりで、はっきりと告げる。彼がいるテーブルまでは少し距離があるが、耳をすませていれば聞こえるはずだ。

綾乃はたちまち眉間《みけん》の皺《しわ》を深くした。会社へ来たときにも見た、頑《かたく》なで尖った表情が前面に出てくる。

「あたしよりそっちがいいって言うの？」

いいに決まってんだろ、という返事は、心の内に留《とど》めた。

俺は、あそこで全然変装になってない変装をして、めちゃくちゃ聞き耳をたててる男が好きなんだよ。男のプライドなんてくそくらえって思うぐらいに。

綾乃、と広記は落ち着いた声で呼んだ。

「今の会社は華やかに見えるかもしれない。確かに正社員ではあるけど、基本的に週に一日しか休めないし、その休みも不定期で、日曜に休めることは少ない。それに俺は今も、おまえと付き合ってたときと同じワンルームのマンションに住んでるんだ」

ゆっくり、言い聞かせるように言葉を紡《つむ》ぐ。

「俺にはとても一流ホテルの大広間でやるような、盛大《せいだい》な結婚式なんかできないし、高級レストランを借り切るような二次会もできない」

綾乃の顔から何かが剝《は》がれ落《お》ちてゆくのを、広記は見て取った。媚《こ》びや甘え、そして怒りが消え、失望と落胆が露《あらわ》になる。

そんなんじゃ、より戻す意味ないじゃん。

心の声が聞こえてきそうだ。

「……別にあたし、お金目当てじゃないし」

ふてくされたような物言いに、広記は柔《やわ》らかく微笑《ほほえ》んだ。

「気を悪くしたなら謝る。ただ、俺の今の仕事を誤解してるみたいだったから」

「誤解なんかしてないよ。楽な仕事なんかないってことぐらいわかるもん」

ストローを噛《か》むようにしてアイスティーを飲む綾乃に、そうだな、と相づちを打つ。

二人の間に、白茶《しらちゃ》けた沈黙が落ちた。それこそ、共通の話題が少ない知り合い同士が会話につまったときのような、どこか気まずい空気が漂《ただよ》う。

「じゃああたし、帰るね」

綾乃は唐突《とうとつ》に立ち上がった。横の椅子に置いてあったバッグを手にすると、ふいにこちらを向く。

「この後、パン教室があるの。先生が国際コンクールで賞をとった有名な人で、凄《すご》く人気がある教室なんだ。あたしが通いたいって言ったら、マー君、いいよってすぐ手続きしてくれた」

無闇《むやみ》と明るい口調に、なぜか痛々しさを感じながら、そうか、と広記は頷いた。

「高柳さんが優しい人でよかったな」

その言葉に、綾乃は満足を覚えたらしい。ニッコリ笑うと、じゃあね、と手を振ってテーブルを離れる。しかしその足取りは、どこか頼りなげだった。

綾乃は恐らく、いまだに不安の中にいるのだ。かつて広記も捕らわれていたその不安の中で、彼女なりに安心できる場所を探そうともがいている。

綾乃もいつか、抜け出せる日がくるといい。

見栄《みえ》でも意地でもなく、心からそう祈りつつ、かつての恋人を見送る。

綾乃の後ろ姿が完全に見えなくなるのを待って、広記は立ち上がった。そして迷うことなく、濃い霧《きり》のような不安を蹴散《けち》らしてくれた、今現在の恋人がいるテーブルへ歩み寄る。

北條はあくまでも気付いていないふりをするつもりのようだ。キャップを深く被り直し、明後日《あさって》の方を向く。

「何やってんだおまえは。会いに行くってメールしただろ」

軽く頭を叩いてやると、北條はようやくこちらを向いた。今し方まで知らないふりを決め込んでいたことを悪びれる様子もなく、ニッコリ笑う。

「あれ、南やんか。偶然やな～」

「何が偶然だ、とぼけやがって」

あきれて言って手を伸ばし、鋭《するど》いラインを描く顎《あご》を上げさせる。北條は驚いたように瞬《まばた》きをしたが、されるままだ。

「腫《は》れてないな」

「冷やしたから」

「でもちょっと赤い。口ん中は大丈夫か」

「大丈夫」

「腹が立ったからって手ぇあげることはなかったよな。すまん」

目で頷《うなず》いてみせた北條に、広記は素直に謝った。

「南《みなみ》が謝ることないよ。悪いのは俺やもん。ほんまごめんな」

「まあ、俺の決死の覚悟を気の迷いって言ったのは、さすがにおまえが悪い」

からかうように言って、髭《ひげ》の剃《そ》り残《のこ》しのない滑《なめ》らかな顎から指を離す。

その指を、今度は北條につかまれた。

「南、この後予定ある?」

「別にないけど」

「そしたらうちでご飯食べてって。南が食べたいもん何でも作るから」

指先を握る手にぎゅっと力がこもった。思いがけない強さに、胸が痛くなる。

バカだな、俺はどこへも行かないよ。

人目があるカフェでは、そう言ってやるわけにもいかず、広記はかわりにリクエストした。

「じゃあ、前に作ってくれた豚丼《ぶたどん》が食いたい。小松菜《こまつな》が入ったやつ」

「わかった、豚丼やな。材料買いに行こか」

ああと頷いてみせると、北條はさも嬉しそうに笑った。広記の指をつかむ力が、わずかに緩《ゆる》んだ。


テーブルの上には、様々な色や形のクッキーが並べられていた。脇《わき》には紅茶が入ったカップが添えられている。

目の前に置かれた菓子を、広記はまじまじと見下ろした。甘いものは嫌いではないけれど。

こんなには食えない……。

「さあ食べてー、どんどん食べてー」

隣に腰かけた北條に勧《すす》められ、広記は眉を寄せて彼を振り向いた。全開の笑顔を見つけて、眉間の皺が深くなる。

二人でスーパーへ行き、夕飯の材料を買ってから北條のマンションへ帰った。夕飯までまだ間があるし、とりあえず食べて～、と北條が出してきたのがクッキーだ。

「何だこれは」

「見ての通りクッキーやけど」

「それはわかってる。どうしたんだよこれ、全部手作りだろ」

えー、と声をあげた北條は、カレシの前で照れるカノジョのような顔になった。

「昨夜《ゆうべ》南にメールもろた後、嬉しいなって作ってん。南、前に甘いもんけっこう好きて言うてたやろ。南に食べてほしい思《おも》て作り始めたら、いつのまにかこんなに作ってしもて～」

「いつのまにかって、菓子職人かよ……」

「ええー、せめてカレシ思いのカノジョにしてぇやー」

いつもの調子が戻ってきた北條に、おのずと苦笑が漏れた。

臆病《おくびょう》なんだか、図太いんだか。

もっとも、どちらが欠けても北條ではない。両方が備《そな》わってこその北條だ。そう考えると、臆病なところも図太いところも、等しく憎らしく、愛《いと》おしい。

「北條」

クッキーをつまみながら呼んだ広記は、ゆっくりと言葉を紡いだ。

「俺は、おまえに抱かれても後悔しないって確信してる。けど、おまえがまだ早いって言うんなら、おまえが納得するまで俺は待つから」

一瞬、言葉につまったものの、北條は大きく息を吐く。

「やっぱりオトコマエやなあ、南は」

「そんなことねぇよ」

短く答えてクッキーを頬張《ほおば》る。ココアがきいたそれは文句なしに旨《うま》かったが、わずかにほろ苦《にが》かった。

その苦さが胸に湧《わ》いた苦さに溶け込むのを感じつつ、改めて北條に向き直る。

「おまえが不安になったのは、俺が素直じゃなかったせいでもあるだろ。悪かったな」

「そんなん。俺、南の素直やないとこも好きやから」

「けど限度ってもんがあるだろ」

北條の顔に手を伸ばすと、広い肩がわずかに揺れた。それを目の端でとらえながら、鋭い線を描く頬に触れる。するとまた肩が揺れた。どうやら北條の心には、まだ不安が残っているらしい。

突き上げてきた愛しさのままに、広記はまっすぐ北條を見上げた。息をつめて見返してくる北條の瞳は、これ以上ないぐらい真剣だ。

急激に心臓が高鳴る。顔が熱くなる。

いたたまれなくて視線をそらしたくなるのを、広記は堪《こら》えた。

くそ、照れるな俺。今言わなくて、いつ言うんだ。

「好きだ、北條。たぶん、おまえが考えてるよりずっとな」

火が出るのではないかと思うぐらい、顔といわず耳といわず首筋といわず熱くなったが、広記はどうにか視線をそらさなかった。

北條はゆっくり瞬きをする。再び瞼《まぶた》が上がったとき、眼鏡越しでもはっきりとわかるほど、漆黒《しっこく》の瞳は潤《うる》んでいた。

「……元カノとは、普通に別れたんや？」

「ああ。おまえも聞いてただろ、ちゃんと付き合ってる人がいるって言ったよ。彼女はもう、俺のことなんて考えもしないだろうし、俺も彼女のことは何とも思ってない」

「ほんま？」

「ほんとだ。俺と彼女の間にそういう雰囲気はなかったって、おまえなら見ててわかっただろ。俺が好きなのは、おまえなんだ」

ありったけの想いを込めて囁いた広記は、腰を浮かせた。無防備な北條の唇に、そっと己の唇を重ねる。

目を閉じると、初めて自《みずか》ら触れた唇の柔《やわ》らかさが胸をかき乱した。短いキスで終わらせようと思っていたのに離れられなくて、撫《な》でるように口づける。

やばい。もっとしたい。

表面をなぞるだけではなく、あたたかく濡《ぬ》れた口内を味わいたい。そうして互いの体温を溶け合わせたい。

しかし深く口づけたら、体に火がついてしまう。

「……南」

艶《つや》やかな声と共に吐き出された呼気《こき》が、触れ合わせたままの唇をくすぐる。ただそれだけの刺激で、背筋に甘い痺《しび》れが走った。

「南」

熱い吐息が、またしても唇をくすぐる。

快感から生《しょう》じた震えを堪えきれず、広記は唇を離した。触れるだけのキスだったのに、吐いた息は濡れている。それを隠すために唇を引き結ぶと、北條と目が合った。

切れ長の双眸《そうぼう》には、はっきりと情欲が映し出されていた。昨夜はあった怯えや不安は、そこにはない。広記はおのずと微笑《ほほえ》んだ。

ちゃんと目を見て、好きだって言ってよかった。キスしてよかった。

名残惜《なごりお》しさを感じながらも、満足を覚えて離れようとすると、唐突に腕をつかまれた。

「南」

「何」

「めっちゃしたい」

熱っぽい囁きに、はあ？　と場違いともいえる頓狂《とんきょう》な声をあげてしまう。

「何言ってんだおまえは。俺に後悔されるのが嫌なんだろ。昨夜、怖いって言ったじゃないか」

「言うたけどしたい。さして」

「おい待てコラ」

近付いてきた端整な面立ちを、広記は掌《てのひら》で押し戻した。あまり力を入れなかったのは、北條の頬に残る痣《あざ》を気遣ってのことだ。

その北條は、うぐ、と妙な声をあげる。

「俺に抱かれてもええて思てくれてんのやろ〜。何で止めるん〜」

「止めるに決まってんだろバカ。どんだけ人の話を聞いてないんだ」

「えー、聞いてるよ〜」

「全然聞いてないだろうが。俺はおまえのために待ってやるって言ったんだ。それが昨日の今日で、もうしたいってありえねぇだろ。だったら昨日のうちにやっとけよ」

「けど昨日は好きて言うてくれんかったし、キスもしてくれんかったやろ。今日はちゃんと好きて言うてくれたし、キスもしてくれたから〜」

広記は言葉につまった。

北條の言う通りだ。昨日は俺も悪かった。

端整な面立ちを押し返していた掌から、自然と力が抜ける。それを待っていたかのように、北條は顔を近付けてきた。

「せやから今日はする〜」

「いや待て。待て待て待て」

再び掌に力を入れる。ガタガタという椅子の音と共に、北條の顔が遠ざかった。

危ない。丸め込まれるところだった。

「一回好きだって言って、キスしたぐらいで納得したのか？」

「納得した」

「早《はえ》ぇよバカ！」

思わず怒鳴ると、もー、ワガママなんだからー、という風に北條は唇を尖らせた。

……むかつく。

すっかりいつもの傍若無人《ぼうじゃくぶじん》な北條に戻った彼は、せやかてー、と間延びした関西弁で言葉を紡ぐ。

「南が素直になってくれるて、かなり凄《すご》いことやろ～。それって俺のことめっちゃ好きってことやもんな。あ、ちなみに俺、アッチは早《はや》ないから大丈夫やで～」

「ああ？　童貞のくせにいきなりソッチに話をもってくんじゃねぇよ」

「えー？　俺童貞ちゃうで」

いけしゃあしゃあと言われて、広記は思い切り顔をしかめた。

一方の北條は、ニコニコと笑っている。昨夜の彼からは想像もできない爽《さわ》やかな笑顔だが、どことなく邪悪《じゃあく》に見えるのは気のせいだろうか。

「……おまえこの前、大学のとき、カノジョもカレシもいなかったって言ったよな？」

「うん」

「じゃあ童貞だろ」

にらみつけてやると、北條は厭味《いやみ》なほど整った白い歯を見せた。

「もー、カワイイなあ南はー。恋人やのうてもエッチはできるやろ」

「なっ、おまえ、俺が誤解したってわかってて……！」

「南」

立ち上がりかけると、とびきり甘い声で呼ばれた。かと思うと抗《あらが》う間もなく、強い力で肩を抱き寄せられる。

「ぶっちゃけ言うとな、南をあきらめよう思《おも》たときに遊んだことがあるんや。遊んで忘れよう思た。けど、どうしても忘れられんかった。逆にめっちゃ虚《むな》しいなって、半年もせんうちに遊びはやめた」

耳に直接吹き込まれた声に、意地の悪さはなかった。かわりに昨夜も垣間見《かいまみ》えた臆病さが顔を出す。言葉の端々《はしばし》に苦い後悔も感じられる。

ゆっくり時間かけて自然に、俺とやりたい思てくれたんとちゃうやろ。あと何日か経《た》って落ち着いたら、やっぱりせんかったらよかったて後悔するかもしれん。

あれは、北條自身の経験から出た言葉だったのかもしれない。

「軽蔑《けいべつ》するか？」

真剣な問いかけに、広記は首を横に振った。

「昔のことだろ」

嘘でもごまかしでもなかった。軽蔑などしない。

もっと若い頃なら――そう、北條と共にすごした高校の頃なら、軽蔑したかもしれない。

しかし今は、まっすぐ歩き続けることの難しさを知っている。迷ったり、臆病になったり、自棄《やけ》になって後悔したり、しなかったり。それが当たり前だとわかっている今だからこそ、北條の想いに応《こた》えられる。

「そしたら、抱いてもええ？」

尋ねてきた声に安堵《あんど》が滲《にじ》んでいて、広記は笑ってしまった。

こいつはやっぱりヘタレだ。

「いいけど。そのかわり、おまえが後悔すんなよ」

すぐ側にある隆《たか》い鼻先をつまんでやると、北條も笑った。

「九年越しの夢や。後悔なんかするわけない」


先を争うように寝室へ移ると同時に、どちらからともなく唇を合わせた。

先ほど望んだ通りの、口内を探り合うキスをかわす。より深く味わおうと角度を変える度《たび》に、淫《みだ》らな水音があふれた。

広記の頭を抱え込んでいた北條の掌がわずかにずれ、指先が耳を挟《はさ》み込《こ》む。間を置かず、きゅ、と揉《も》まれ、合わせたままの唇から声が漏れた。

「ん……」

自分でも驚くほど欲情しているのを感じる。誰かと肌を合わせるのが、随分《ずいぶん》と久しぶりだからだろうか。

――いや、違う。北條だからだ。

キスに夢中になっている間にネクタイを解《と》かれた。もちろんそれだけでは飽《あ》きたらず、北條の手はシャツのボタンをはずし始める。アンダーシャツ越しに胸の突起《とっき》を押《お》し潰《つぶ》され、ビク、と全身が跳ねた。

おのずと唇が離れて瞼を上げると、上気《じょうき》した北條の顔が眼前《がんぜん》にあった。カーテンが閉まっているとはいえ、まだ昼間だ。室内はうっすらと明るく、眼鏡の向こうから見下ろしてくる漆黒《しっこく》の瞳が、情欲と熱で濡れているのが見てとれる。

あまりの艶《つや》っぽさと男っぽさに目が離せないでいると、北條はふと頬を緩《ゆる》めた。

「南、目ぇエロい」

「……おまえもエロい」

負けずに囁いて、自らシャツとアンダーシャツを脱ぎ捨てる。北條も眼鏡をはずし、Tシャツを脱いだ。たちまち、ひきしまった上半身が露《あらわ》になる。高校の頃にも思っていたことだが、鍛《きた》えても望んだような筋肉がつかない自分とは異なるこの男の体型は、広記の理想だ。

悔しいけど、やっぱりカッコイイ。

そうした憧《あこが》れに、情欲が重なる。

きれいな筋肉がついたその体に、触りたい。

鋭角的なラインを描く胸に伸ばした指先をつかまれ、強い力で引き寄せられた。熱を帯《お》びた北條の手が導いたのは、セミダブルのベッドだ。

「北條、高校んときの部活何だっけ」

「陸上。ハードルや」

「大学は？」

ベッドに押し倒されながら尋ねる。

「サークルで、バスケをちょっと」

律儀《りちぎ》に答えた北條の唇が、首筋に落ちてきた。獣《けもの》が獲物《えもの》を食らうように荒々しく歯をたてられる。かと思うときつく吸われ、あ、と声が漏れた。

それが嬉しかったらしく、北條は肩口や鎖骨《さこつ》にも口づけてくる。ちゅ、ちゅ、という微《かす》かな音がやけに照れくさくて、身じろぎする。

「あと、つくだろ……」

「つけたらあかん？」

尋ねた北條の唇は、ちょうど広記の心臓の上にあった。桃色の舌が己の白い肌を這《は》う様子に、ねっとりとした感触だけでなく、視覚的にも煽《あお》られる。ゾクゾクと背筋が震えて、広記は小さくうめいた。

心臓を直接舐《な》められてるみたいだ。

少し怖いけれど、それ以上に興奮する。

「いいけど……、見えるとこは……」

「わかった」

北條は短く答え、唇を更に下ろした。硬く色づいた胸の尖《とが》りにたどりついたかと思うと、躊《ちゅう》躇《ちょ》することなく口に含む。歯で舌で小さな粒を弄《いじ》られる度、全身に甘い痺れが走った。

「ん、北條……！」

「気持ちええ？」

「バカ、口、離してしゃべ、あ」

もう片方の突起を指先でつままれ、堪えきれずに声をあげる。

「感度ええなあ、南」

「だ、から、口っ」

「めっちゃ嬉しい」

口を離せと言いたかったが、嬌声《きょうせい》にとってかわりそうだったので、仕方なく唇をかみしめる。が、熱く弾《はず》んだ息を留めておくことはできず、すぐに解《ほど》けた。

頭の天から足指の先まで、全身がひどく熱い。中でも性器が一際《ひときわ》熱かった。直接触れられたわけではないのに、既に形を変えている。

やばい。へたしたらすぐいくかも。

意識したせいか、腰が揺れた。

北條はその動きを見逃《みのが》さなかったらしい。こく、と喉《のど》を鳴らす音がする。

「な、触ってもええ？　触りたい。触らして」

胸の粒をしつこく口に含んだまま囁いて、北條はおもむろに手を下ろした。触っていいかと尋ねたことなど忘れてしまったかのように、広記の返事を待たずに前を暴《あば》き始める。

キスと愛撫《あいぶ》だけで高ぶってしまった己が恥ずかしくて、広記は北條の手をつかんだ。が、北條の方が行動が早い。

「ちょ、待っ」

「待ったはなし」

片手で器用にジッパーを下ろした北條は、ためらうことなく下着を押し上げているものをつかんだ。ほとんど痛みともとれる快感が腰を直撃する。

「いっ……！」

「もうこんななってる……」

「んな、こと……、わざわざ、言うな」

「何で？　恥ずかしい？」

さも嬉しそうに問いかけながら、北條は指先を淫らに動かした。

もともと反応していたところへ巧《たく》みな愛撫を施《ほどこ》されては、ひとたまりもない。いく、と告げる間もなく達してしまう。

「うあ、だめだって……！」

「は、あ……」

広記は荒い息を吐きつつ、ぐったりと力を抜いた。

いくのって、こんなに気持ちよかったっけ……。

自慰《じい》は言わずもがな、女性とのセックスでも、これほどの快感を味わったことはない。

目を閉じ、体の隅々《すみずみ》にまで行き渡った快感の余韻《よいん》に浸《ひた》っていると、ズボンごと濡れた下着を引き下ろされる。

セックスをしているのだから裸になって当然だ。この程度で恥ずかしがるほど子供ではない。

しかし外気にさらされたそこに纏《まと》いつく強い視線は、さすがに看過《かんか》できなかった。眉を寄せて北條を見上げる。

「見すぎ……」

「せやかて、ずっと見たかったから。それに眼鏡はずしたから、よう見んとはっきりせんねん」

「そこまで、目が悪いわけじゃないだろ」

確かに近眼ではあるものの、書類等を見る必要がないときは、眼鏡をかけなくても生活できると聞いている。

「悪いよー。せやから、もっと見るー」

気おくれする様子もなくけろりと言った北條は、濡れつくした広記の劣情《れつじょう》に尚《なお》も視線を這わせ、ため息をついた。

「もっといっぱい目があったらよかったのに」

「ああ？　何だそれ」

「そしたら南がいく瞬間も、いくときの顔も感じてる体も、南のエロいとこ、全部見れるやろ」

存外《ぞんがい》真面目な口調に、今度は広記がため息を落とす。

「おまえ、バカだろ」

「南が全部見れるんやったら、バカでええよ」

熱を帯びた切れ長の双眸は、まだ劣情に向けられたままだ。執拗《しつよう》な視線の愛撫を受けて、一度達したそれが再び兆《きざ》してくる。止めようとしても止められない。

「マジで、見すぎだって」

隠そうとした手をシーツに縫《ぬ》いとめられる。かと思うと、顔を伏せた北條に先端を舐《な》められた。

「あ……」

堪えきれずに甘い声が漏れる。達して敏感《びんかん》になった体には、充分すぎる刺激だ。

その反応に煽られたのだろう、北條はためらうことなく広記の劣情を口内に招き入れた。間を置かずにきつく吸い上げ、舌を使い始める。顎も上下させて、思う様愛撫する。そこへ更に、指での愛撫も加える。

まるで気に入りの飴《あめ》を舐めしゃぶるような動きに、色めいた悲鳴があふれ出た。

すげぇ気持ちいい。溶けそう。

口でしてもらった経験がないわけではないが、こんなにいやらしく激しいやり方は初めてだ。快感のあまり背《そ》が反《かえ》り返る。後頭《こうとう》をシーツに押しつけ、踵《かかと》でシーツを蹴《け》る。それでも耐え切れなくて、腰が淫らに揺れる。

広記の無意識の動きすらも利用して、北條は巧みな愛撫を続けた。己の下肢が発する淫猥《いんわい》な水音にも煽られ、いやいやをするように首を横に振る。

「も……、出る、出る」

全く力の入らない指で北條の髪をかき乱しながら、限界を訴える。気持ちがよすぎておかしくなりそうだ。

北條は返事をしなかった。かわりに、一際《ひときわ》強く口の中のものを吸い上げる。

「あ……！」

二度目の絶頂《ぜっちょう》は、一度目のそれより強烈《きょうれつ》だった。きつく閉じた瞼の裏に、チカチカと星が舞う。頭の中は真っ白だ。全身が強く発光したかのような錯覚を覚えて身じろぎする。

「南……」

愛しげに呼ばれたかと思うと、脇腹《わきばら》に口づけられた。ただそれだけの刺激で、体が敏感に跳ねる。

「気持ちよかった？」

囁くような問いかけに、広記はうっすらと目を開けた。生理的な涙で潤んだ視界に、端整な面立ちが映る。

眼鏡をかけていないその顔は上気し、汗に濡れていた。息も弾んでいる。体中から情欲が滲み出ているかのようだ。

俺は二回もいって、しかも一回は北條の口ん中に出したのに、北條は一回もいってない。

今更ながらその事実に気付いて、悪い、と広記は掠《かす》れた声で謝った。

「俺も、するから……」

「するて？」

「おまえの……」

「ああ、してもらうけど、南はじっとしててくれたらええよ」

色づいた胸の尖りにキスをした北條は、あっさりと言う。

小さく声をあげつつ、広記は眉を寄せた。

「じっとしてたら……、触れない、だろ」

「触るんは俺や。南は、触られといてくれたらええから」

北條はニッコリ笑って広記の両膝に腕を入れた。大きく割り広げて肩口に抱《かか》え上げる。力が抜けきった脚は、彼の意のままだ。

「南のここで、俺の、触ってほしいねん」

艶っぽい声で囁いた北條は、露になった後ろを指先で弄《いじ》った。初めての刺激に、思わず目を眇《すが》める。

しかし、自分でも驚くほど嫌悪感《けんおかん》はなかった。いくら好きでもそれは無理だと思っていたのが嘘のように、抵抗もない。今までの行為で、北條は絶対に気持ちよくしてくれると、理性ではなく体が確信を持ったせいかもしれない。広記は迷うことなく頷いた。

「いいよ……、触ってやる」

微笑《ほほえ》んで見上げると、北條は顔を歪めた。笑っているような、泣いているようなその顔に、たまらない愛しさが湧く。

こいつが望むことなら何でもしてやりたい。

「北條……」

呼んで、広記は自ら脚を開いた。一瞬、息を飲んだ北條だったが、うんとすぐに頷く。そして濡れ尽くした広記自身に指を滑《すべ》らせてから、そっと中へ侵入してきた。

「っ……」

たった指一本。それも数センチも入っていないだろうに、息がつまる。ゆっくり、しかし着実に奥へと入ってゆく指の圧迫感に耐えかねて、低くうめく。

「ごめん、痛い？」

「……たく、ないけど……、苦し……」

「ん、ごめんな。もうちょっと、我慢して」

あやすように言って、北條は指を動かし始めた。慎重にしているつもりなのだろうが、広記にとっては拷問《ごうもん》かと思うほどの圧迫感だ。

思わずきつく目を閉じたそのとき、北條の指先がある一点を押した。刹那《せつな》、目から火花が飛び散るような、強烈な快感が腰を直撃する。掠れた嬌声が、おのずと喉から飛び出した。

何だ、今の。

大きく目を見開くと、またしてもそこを刺激される。同時に、北條に抱えられた足指の先が跳ね上がった。

「あっ、あ！」

「ここやな？」

ひどく嬉しそうな北條の声は、遠くで聞こえた。集中して感じる場所を責められ、耳がまともに音を拾わない。

「や、嫌だ、そこ、やめ」

「何で。気持ちええやろ？」

「い、けど……、こんな、あぁ」

シーツをつかむ手に異様なほど力がこもる。顎が上がる。腰が淫らにくねる。触られていない前が、またしても痛いほど張り詰めてきた。先端からあふれたものが、己の腹へと滴《したた》り落《お》ちる。その感触にすら反応して、体が跳ねる。

涙腺《るいせん》が壊れてしまったかのように、涙が次々にこぼれた。喘《あえ》ぎ続けているせいで飲み下せなくなった唾液《だえき》が顎をつたう。

正直もう、己の体のどこがどうなっているのか全くわからなかった。わかるのはただ、北條の指が生み出す狂うほどの快感。それだけだ。

「北條っ……」

快感の波に揉まれながら呼んだのは、想う男の名前だった。壊れたレコードのように、その名をくり返し呼ぶ。

「あう、ん、北條、北條、北條」

「南」

掠れた声で呼ばれたかと思うと、入れられていたものが一息に引き抜かれた。ひ、と悲鳴のような声をあげてしまう。

圧倒的な喪失感《そうしつかん》に、広記はようやく複数の指を入れられていたことに気付いた。

しかし到底《とうてい》、安堵できなかった。刺激を失った後ろが、意志とは別のところで淫らに蠢《うごめ》いていたからだ。やめないでくれ、もっとしてくれとねだるかのように、激しく収縮《しゅうしゅく》する。下肢に力を入れて耐えようとするが、そこは快楽で痺れていて、思い通りにならない。

「あ……、北條」

この状況を何とかしてくれるはずの男を呼んだものの、刺激は与えられなかった。かわりに宥めるような囁きが聞こえる。

「ゴムつけるまで、ちょっとだけ待って」

「そんなの、い、から……」

一刻も早く北條がほしくて首を横に振ると、は、と熱い吐息の音が聞こえた。わずかの間を置いて、うめくような物言いが返ってくる。

「あんま、煽らんといて」

「煽ってな……」

恋人を求めて疼《うず》く体を持て余し、下ろされた足指でシーツをかき乱す。

すると、再び強い力で両脚を抱え上げられた。今度は胸に膝がつくぐらいにまで、大胆に広

げられる。

「南、ごっつエロい……」

熱を帯びた北條の視線が、屹立《きつりつ》した劣情と、淫猥な収縮をくり返す後ろを這うのがわかった。

しかしもはや広記には、羞恥を覚える余裕すらなかった。視線だけで感じてしまい、途切れることなく嬌声が漏れる。体の奥がどうしようもなく熱い。我慢できない。

広記はたまらず、欲のまま腰を揺らしてねだった。

「はや、早く、北條」

ん、という返事と共に、後ろに猛《たけ》ったものがあてがわれる。指ではないとわかったが、そんなことはどうでもよかった。

北條のものなら、何でもいい。

そう思った瞬間、指とは比べものにならない大きさのものが押し入ってきた。それは休むことなく、体の奥へと着実に進む。

痛い。苦しい。息がつまる。

けれどそれ以上に気持ちがいい。

その証拠に、触れられていない広記の劣情からは、欲の証《あかし》が次々に滴り落ちていた。萎える気配など微塵《みじん》もない。

「全部、入った」

苦しげなのに、恍惚《こうこつ》とした声で囁かれ、広記は喘ぎながら目を開けた。見上げた先にあったのは、汗に濡れ尽くした北條の顔だった。どんな表情をしても決して崩れないはずの端整な面立ちが、今は崩れて見える。

いや、崩れてるっていうか。

優しくて獰猛《どうもう》で、ひどく淫らで嬉しそうで、それでいて泣き出しそうで。

最高にエロい顔だ。

視覚だけでなく、触覚でもその顔を確かめたくて、広記は震える手を伸ばした。上気した頬を摩《さす》り、甘く曇《くも》った眉をたどる。隆い鼻先を撫で下ろし、絶え間なく熱い息を吐き出す唇に触れる。

これは、俺のだ。

「南……?」

不思議そうに呼んだ北條の首筋に、広記は両の腕をまわした。

「好きだ……」

その言葉は、ごく自然に唇からこぼれ落ちた。

北條が息を飲む気配がする。同時に、体の奥深くで息づいている彼の欲望が、大きく脈打《みゃくう》つ。

あ、と思わず声をあげると、耳元で北條が囁いた。

「俺も、好きや。好き」

嚙みしめるような告白に、体だけでなく胸の奥まで熱くなった。しがみつく腕にぎゅっと力をこめた次の瞬間、北條が動き出す。

思う様貫《つらぬ》かれ、揺さぶられ、泣かされた先に待っていた快楽は、広記が今まで経験したどの快楽よりも強く、深いものだった。

「以上が当日の進行です。最初にご説明した通り、会場の準備も受付も当社で行いますので、幹事様は一時間ほど前に来ていただければ充分かと思います」

淡々《たんたん》と説明する。いつもより声が小さいのは、喉《のど》が嗄《か》れているからだ。

しかし隣に腰かけた北條《ほうじょう》は、うんともすんとも言わない。上目遣《うわめづか》いでこちらを見つめてくるだけである。

「ご不明な点、ご心配な点はございますか？」

あくまでも敬語で尋《たず》ねると、南《みなみ》～、と情けない声で呼ばれた。

「お願いやから普通にしゃべって～。今朝からずっとそんなんやんかー」

「北條さんが幹事をなさる同窓会の最終的な打ち合わせですので、今は仕事中です。それに昨日、明日仕事があるからもう無理だと申し上げているのに、夕飯も食わせないでめちゃくちゃやりやがった幹事様に、普通に話す義理はございません」

「せやからごめんて～。そのかわり今日の夕飯豚丼《ぶたどん》にしたから許して～」

「ごめんで済んだら裁判所も警察もいらないのです、幹事様」

「南～」

壁にかかった時計の針は、午後七時をさしている。場所は北條のマンションのリビングだ。仕事帰りの広記《ひろき》が、なぜ自宅ではなく北條宅にいるかといえば、北條が仕事場まで車で迎えに来たからだ。来いと命令したのは広記で、行く行く、行かせていただきますと二つ返事で応じたのは北條である。

今日の仕事は同窓会の幹事代行だった。根本《ねもと》が担当した会だったので仕切る必要はなかったものの、受付、司会進行、記念撮影と忙しく動きまわらねばならなかった。いつもなら少しも苦《く》にならない動きに、いちいち痛みとだるさが伴《ともな》ったのは、昨夜《ゆうべ》の行為のせいだ。

はっきり言おう。昨夜はやりすぎた。

やったのは俺じゃなくて北條だけどな……。

一度つながった後、ぐったりとした広記をうつ伏せにし、北條は再び体をつないだ。正面から抱き合うのとはまた違う刺激に、我を忘れて快楽を貪《むさぼ》った。

問題は、その後だ。三度目の体勢に入りかけた北條を、広記は拒絶した。

明日仕事だから、もう無理。

しかし北條は離してくれなかった。

「なあ、南～、南て～。ごめん。許して。な？」

甘えることでカレシに機嫌を直してもらおうとするカノジョのように、北條は小首を傾《かし》げて覗《のぞ》き込《こ》んでくる。

……本気でめんどくせぇ。

広記はぷいと横を向いた。

「おまえがそんなことしたって全然かわいくない」

「そしたらどないしたら許してくれるん～」

今度は拗《す》ねやがった。

こめかみの辺りがひきつる。

「俺はな、北條。男とやるのは昨夜が初めてだったんだよ。それなのにえげつないセックスしやがって」

「えげつないことないよー。南が仕事やて言うから、結局二回しか入れんかったやろ。ちゃんと控《ひか》えたやんかー」

「どこが控えたんだ！　俺だけ何回もいかされまくりとかありえねぇだろ！　体中舐《な》めまわしやがって、このヘンタイが！」

思い切り怒鳴《どな》ったものの、掠《かす》れた声では迫力がなかった。しかも自分の言葉で昨夜の記憶が

った。

甦《よみがえ》ってきて、カッと頬《ほお》が火照《ほて》る。

あれほど濃厚《のうこう》な情事は、正直初めてだった。そしてもちろん、昨夜ほど感じたのも初めてだった。

感じすぎて気絶とか、マジでありえない。

いつ終わったのか、いつ眠ったのか。どちらもさっぱり覚えていない。気が付いたときには明け方で、北條と共にベッドの中にいた。北條が清めてくれたらしく、体はさっぱりしていたものの、全身がだるかったことは言うまでもない。

そんな風に広記を限界まで感じさせた張本人《ちょうほんにん》である北條が、もー、と眉を寄せる。

「ヘンタイは心外やなー。それに昨夜やったんは、俺がやりたいことの一部やから、あれぐらいでえげつないとか言われたら困るー」

広記は顔中がひきつるのを感じた。

あれでまだ一部だと？

残りは考えるのも恐ろしい。

「困るのはこっちだエロ魔人。ゴールデンウィーク終わるまでセックス禁止」

きっぱり言い切ると、ええ！　と北條は大きな声をあげた。本当に衝撃を受けたらしい。眼《め》鏡《がね》の奥にある切れ長の双眸《そうぼう》が真ん丸になる。

「えーと、ゴールデンウィークが終わるまで二週間？　や、三週間以上あるやんか。嫌や〜。

そんなん我慢でけへん～」

「我慢しろ。その辺は仕事が混んでんだよ。おまえが幹事の同窓会もゴールデンウィークにあるだろうが。土日の度《たび》にこれじゃ、体がもたない」

ええー、と北條はまた不満の声をあげる。

「俺ばっかりエロ魔人みたいに言うけど、南がエロすぎるんもあかんのやで～」

「はあ？　俺のどこがエロいんだよ」

「全部」

真顔で即答した北條に、広記はため息を落とした。

だめだ。話にならん。

「……もういいから早く飯を作れ。俺は腹が減った」

「もうええって、エッチ禁止せんでええってこと？」

「んなわけあるか！　禁止だ禁止！」

喜色《きしょく》を浮かべた北條に、喉の痛みを堪《こら》えてわめく。

すると北條は、すっかり馴染《なじ》みになった、もー、ワガママなんだからー、と言いたげな顔をした。

「わかった、ゴールデンウィークが終わるまではせん。そのかわり、ゴールデンウィーク終わったら絶対するからな。約束」

目の前に、長い小指が差し出された。ゆびきりをしろと言いたいらしい。

まあ、ゴールデンウィークがすぎればちょっとは暇になるし、六月はまた結婚式の二次会が多くて忙しくなるけど、それまでならいいか。――俺も、したくないわけじゃないし。

気絶するほど感じたのは、北條のやり方が巧《たく》みだったからだけではない。

俺が、北條を好きだからだ。

北條も、俺を好きだから。

そんなことを思って赤面しつつ、北條の指に自分の指をからめる。してやったりとばかりに、北條はぎゅっと広記の指を捕らえた。つないだ指を子供のように振り、歌い出す。

「ゆーびきーりげーんまん、うーそつーいたーらはーりせんぼんのーます、ゆーびきった！」

呆気《あっけ》ないほど簡単に小指は離れた。そのまま念を押すこともなくあっさり立ち上がった北條は、今にもスキップをしそうな軽い足取りでキッチンへと向かう。

「さあ、ご飯作るぞー。俺特製の豚丼はごっつ旨《うま》いでー」

案外簡単に引いたな……。

もっと粘《ねば》ると思っていたのに。

拍子《ひょうし》抜《ぬ》けした広記の耳に、不穏《ふおん》なつぶやきが聞こえてきた。

「やー、ゴールデンウィーク明けが楽しみやなあ。アレもコレもソレも絶対しよー」

上機嫌でエプロンをつけている北條を、頬をひきつらせながら見遣《みや》る。

「北條、おまえ今、俺に聞こえるように言っただろ」

「えー、何のことー？」

「とぼけんな！　アレって何だ、コレって何だ、ソレって何だ」

「アレもコレもソレも秘密です～。ゴールデンウィークが明けてからのお楽しみ～」

「全然楽しみじゃねぇ！」

君だけを愛してる

北條礼一《ほうじょうれいいち》は鼻歌を歌いながら、フライパンの上のだし巻卵を、くるり、くるり、とひっくり返した。目に優しい柔らかな黄色が、きちんと端に寄る。

形も色も完璧だ。もちろん、味も完璧である。

卵をまな板に移し、北條は満足のため息を落とした。

窓の外に見える空は、青く晴れ渡っている。朝は冷えていたが、太陽が昇るにつれて気温がぐんぐん上がっているらしく、暖房をつけなくても暖かい。そういえば昨日のニュースで、そろそろ桜が開花すると言っていた。

まあでも、だし巻がうまいこと焼けてあったかいだけでは、こんなええ気分にはならんけど。

北條の上機嫌の源《みなもと》は恋人、南広記《みなみひろき》にある。

その南は今、洗面所で顔を洗っているところだ。

日曜の昨日、南は結婚式の二次会の仕事があった。午後八時頃に駅まで迎えに行き、そのまま自宅マンションへ連れ帰った。月曜が休みだという彼に合わせて有給をとることは事前に伝えてあったので、二人で食事をした。その後、久しぶりにゆっくりセックスを楽しんだ。

昨夜《ゆうべ》もめちゃめちゃかわいかったし、エロかった……。

切り分けた卵を皿に盛り付けながら、北條はだらしなく頰を緩《ゆる》める。

うつ伏せた体を背後から貫《つらぬ》くと、南は背をしならせて色めいた嬌声《きょうせい》をあげた。体を重ねるのが二週間ぶりだったこともあり、きつくしめつけた次の瞬間には、艶《なま》めかしく蠕動《ぜんどう》する熱い場所を少しでも長く味わいたくて、時間をかけて攻めた。南は甘く掠《かす》れた声で啼《な》き続け、北條を受け入れたまま極《きわ》まった。彼が後ろへの刺激だけで達するようになったのは、ごく最近のことだ。恋人として付き合って一年弱。初回のセックスから感度のよかった南だが、更にいやらしい体になっている。

南、触らんとイかせると泣いてまうんや。そんで声もエロさ倍増しになる。

やぁ、やだ、あっ、ん、や。

すすり泣きながら腰を淫《みだ》らに揺らし、首を捻《ね》じ曲《ま》げてこちらを振り返る。蕩《とろ》けきったこげ茶色の瞳と濡れた唇がたまらなく色っぽくて、情欲を煽《あお》られる。

も、早く、また、あぁ。

このままだとまたイってしまうから、早くしてくれ。

そう言いたくて、けれど体の芯《しん》まで快楽に侵《おか》された状態ではうまく言えなくて、上気《じょうき》した頬にぽろぽろと涙をこぼす。燃えるように熱い内部も淫靡《いんび》に収縮《しゅうしゅく》し、先を促《うなが》してくる。

――やばい。思い出しただけで勃《た》ちそう。

「北條!」

背後から臀部《でんぶ》を蹴《け》られ、わっ、と北條は声をあげた。腿《もも》を思い切りキッチンにぶつけてしまう。幸い、大事な部分はまだおとなしくしていたので、打ちつけることはなかった。

「ちょっと南、いきなり蹴ったらあかんで。男にはいろんな事情があんねんから」

「どんな事情だよ。何回も呼んでるのに返事しないからだろ。卵焼き見てにやにやしやがって、何考えてんだ気色悪い」

さも鬱陶《うっとう》しげに言い放ったのは、昨夜、北條の腕の中で喘《あえ》いでいた張本人である。端整《たんせい》な面《おも》立《だ》ちに浮かんでいるのは、不機嫌を絵に描いたような表情だ。わずかに赤い目許《めもと》と幾分か掠《かす》れた声以外、情事の名残《なご》りはない。

このギャップがたまらん……。

もともと、強気でまっすぐな気性に惚《ほ》れたのだ。その惚れた相手が感じやすい体だったのは、この上ない幸運だったと思う。

「何考えてたて、南のこと考えてたに決まってるやんか〜」

抱きつこうと伸ばした手を、ぺ、と容赦《ようしゃ》なく振り払われた。

「うざいからやめろ。それより洗濯機、壊れたみたいだぞ」

「え、マジで？」

「マジだ。さっき急に止まって、それきり動かねぇんだよ。ちょっと見てくれ」

言って、南はスタスタとキッチンを出ていく。

慌てて後に続いた北條は、南の項《うなじ》に残る赤い痣《あざ》を見つけた。昨夜自分がつけた印《しるし》に、また顔がにやけてしまう。トレーナーに隠された背中には、もっとたくさんの赤が残っているはずだ。滑《なめ》らかな肌を吸い上げて跡を残すのは、独占欲と情欲を充分に満たしてくれる行為である。

翌日、跡つけすぎだバカ！　と怒られるとわかっていても、ついやってしまう。

「ほら、これ。電源が入らなくて……、おいコラ、何でまたにやにやしてんだ」

「や、何でもない。何でもないですよ～」

また蹴られそうだったので、慌てて首を横に振る。照れ隠しに手が出るところもかわいくて好きだけれど、昨夜の今朝で本気の蹴りを入れると、南の体に負担がかかる。

洗濯機に向き直った北條は、電源ボタンを押した。が、点灯するはずの場所は暗いままだ。

「ああ、ほんまや。反応せん」

「だろ。壊れたのかな」

「せやろな。この洗濯機、買《こ》うて十年ぐらい経《た》つから、そろそろヤバイ思《おも》てたんや」

洗濯機を撫《な》でながら言うと、え、と南が声をあげる。

「そんな長く使ってんのか」

「うん。もともと実家で使《つこ》てたやつやねん。東京戻ってくるときに譲《ゆず》ってもろた」

「洗濯機は新しいのを買わなかったのか？」

不思議そうに問われる。キッチンにある大型冷蔵庫と電子レンジと炊飯器《すいはんき》は、一目で最新式の高級品とわかる代物《しろもの》だから意外だったのだろう。

「キッチンの家電に金かけたら、洗濯機の分がなくなってしもてん」

「何だそれ。全部そこそこのレベルにして、洗濯機も新しいのを買えばよかったのに」

「それは無理」

「何で」

「南のために美味《おい》しい料理作ろうて決めてたから、料理関係のもんは妥協《だきょう》しとうなかってん」

本当のことをそのまま口にすると、南は目を丸くした。

東京への転勤が決まった時点で、どんなことをしてでも南を落とすと決めていた。南と離れていた六年の間、あがいて苦しんで、ときには自棄《やけ》になって、それでもどうしても彼でなければならないと思い知った。だから手段は選ばないつもりだった。プライドも意地も捨てた。南を手に入れるためには、そんなものは何の役にも立たないと知っていたからだ。

しかし、卑怯《ひきょう》なことや卑劣《ひれつ》なことをするつもりはなかった。正攻法でなければ、まっすぐな南は落とせない。

真《ま》っ向《こう》から告白して口説《くど》く。本気だとわかってもらうために、メッセージカードを添えて花を贈る。花がだめなら、南がほしがる物を贈る。少しでも距離を縮《ちぢ》められたなら、南のために料理を作る。高級レストランで食事を奢《おご》るよりも手作り料理の方が、情に厚い彼には効果的なはずだ。実際、南は手料理に感心したらしい。尊敬までしてくれたのは嬉しい誤算《ごさん》だった。

「おまえ……、俺にふられたらどうするつもりだったんだ」

あきれたように見上げられ、ニッコリ笑ってみせる。

「ふられてへんのやから問題ないやろ」

「だから、ふられたらって」

「絶対両想いになれる思《おも》てたから」

真顔で返すと、南は苦笑しながらため息を落とした。まったく、しょうがねぇなあ、という心のつぶやきが聞こえてきそうだ。北條を受け入れ、許すとき、彼はこうして苦笑まじりのため息をつく。

北條はといえば、南にため息をつかれると、くすぐったいような幸せな気分になる。滅多《めった》に好きと言ってくれない南に、ちゃんと愛されていると実感できるからだ。

「飯食ったら電器屋行こうぜ。新しい洗濯機買わなきゃな」

ご苦労さん、とでもいうように洗濯機を撫でて言った南に、北條はたちまち舞い上がった。

「電器屋デートは初めてやなあ。楽しみ～」

「はあ？　デートに行くなんて言ってないだろ。洗濯機を見に行くだけだ」

「洗濯機見るだけでも、二人で行くんやからデートやろ」

唇を尖《とが》らせると、南はまたため息をついた。

「デートだって思いたいんなら勝手に思っとけ。とにかく飯だ。俺は腹が減った」

素《そ》っ気《け》なく言い放ってキッチンに戻る南の後を、北條はいそいそと追いかけた。

南の少し亭主関白《ていしゅかんぱく》っぽい物言いも、実はかなり好きだ。

やっぱり、愛されてるって感じするもんな。

平日ということもあり、郊外にある家電量販店はあまり混んでいなかった。

これならゆっくり選べると思いきや、店内に入って早々、南が脱線した。インフルエンザと花粉予防のためだろう、空気清浄機が並べられたコーナーで足を止めたのだ。

「俺、前から空気清浄機ほしかったんだよな。これ買おうかな。あ、こっちのもいいかも」

次から次へと目移りして歩きまわる。

はしゃいだ様子がかわいい。好奇心を丸出しにした、キラキラと輝く目もかわいい。けどちょっと意外や。

「南、家電好きやったんか」

後ろをついていきながら尋ねると、いや、と南は首を横に振った。好奇心に満ちた目は北條を振り返ることなく、電化製品に向けられている。

「別に好きってわけじゃないよ。詳しくもないし。ただ、電器屋に来るの久しぶりだから、最新のがいっぱいあって気になるっていうか。あ、あっちにテレビがある。見てきていいか？」

「どうぞどうぞ」

頷いてみせると、南は軽い足取りでテレビの売り場へ向かった。

その後ろ姿を見つめ、北條は笑った。家電が好きとか、新しい物がほしいというわけではなく、ただ単に珍しい物を見ることが好きなのだろう。何となく、少年時代の南が想像できて楽しい気分になる。山へ行けば初めて見る草花や昆虫に、海へ行けば見たことがない魚や貝に好奇心を刺激され、心を奪われたはずだ。夢中で観察しているうちに、迷子になったこともあるかもしれない。

埒《らち》もない、しかし微笑《ほほえ》ましい想像をしながら、北條はテレビを眺めている南に歩み寄った。

すると、なあなあ、と屈託《くったく》なく声をかけられる。柔らかな印象の二重《ふたえ》の双眸《そうぼう》はやはり、北條ではなく映像が映し出された薄型テレビに向けられたままだ。

「これ、黒がキレイなんだって。色がキレイっていうならわかるけど、黒がキレイってどういう意味だろ」

「店員さんに聞いてみるか？」

横に並んで尋ねると、南はふと我に返ったように見上げてきた。本来の目的を忘れてはしゃいでいたことに気付いたらしく、ばつの悪そうな表情を浮かべる。

「ごめん、今日は洗濯機見に来たんだったな。ていうかおまえも止めろよ。何でのんびり俺に付き合ってんだ」

「そらデートやから付き合うよー」

満面に笑みを浮かべて言うと、南は顔をしかめた。

「何でこんなのがデートなんだよ」

「デートや思たらええて言うたん南やろ。せやから俺は最初からずーっとデート気分や。何やったら手ぇつなごか？」

近くに誰もいないのをいいことに差し出した手を、ぺ、と払われる。

「つなぐか、バカ。洗濯機見に行くぞ」

南はくるりと踵《きびす》を返し、洗濯機のコーナーへと歩き出した。髪から覗く耳の縁《ふち》が、わずかに赤くなっている。北條は我知らず頬を緩めた。

照れると怒ったみたいな言い方するんや、南は。

「おまえ、どういうのがいいんだ」

追いつくと同時に、南が尋ねてきた。しかし彼の目は北條を見ておらず、たくさんの洗濯機に釘付《くぎづ》けになっている。

「どうて、洗濯できたら何でもええで」

「洗濯機なんだから、どれも洗濯できるに決まってんだろ。あ、これCMで見たやつだ」

うろうろと洗濯機を見てまわる南を、北條は笑いを堪《こら》えながら見つめた。どの洗濯機を買うか吟味《ぎんみ》しなければいけないのに、彼があまりにかわいすぎて目が離せない。

祝祭日に仕事が入る南とは休日が重ならないため、今まで一度も遠出したことがなかった。一緒にいられるだけで嬉しかったので不満を感じたことはなかったが、こういつもと違う様子を見せられると、いろいろな場所へ出かけてみたくなる。

今度の休みにでも、故郷である大阪へ行ってみようか。

あ、けど大阪帰ったら祖父《じい》ちゃんに南をとられてまうかも。

南を気に入っている祖父、捨蔵《すてぞう》が久しぶりに会う彼を放っておくとは思えない。

初めての遠出やのに、それはおもろない。大阪は次にまわそう。

洗濯機そっちのけで遊びに行く場所を考えていると、男性店員が寄ってきた。

「洗濯機をお探しですか？」

彼が笑顔で声をかけたのは、北條ではなく南だった。

洗濯機に夢中の南は、ごく自然に頷く。

「はい、今朝《けさ》急に壊れちゃったんです」

「それは大変でしたね」

「そうなんですよ。途中で止まっちゃったから最後まで洗えなくて。ここって即日配達はしてもらえるんですか？」

「在庫がございます商品でしたら、本日中にお届けいたします。品切れの場合は、申し訳ございませんが、お時間いただくことになってしまうんですが」

「だったら在庫のあるやつにした方がいいなあ。あの、これって除菌《じょきん》ができるんですね。専用の洗剤とか入れるんですか？」

「いえいえ、これはですね」

店員の説明に、南は熱心に耳を傾ける。

完全に置いてけぼりにされた北條は、わー、と心の内だけで声をあげた。

何か今の俺、ヨメの買い物についてきたダンナみたいや。

意見を尋ねてもらえないところも、さりげなく存在を無視されているところも、嫁に頭が上がらないダメ亭主のようだ。

ええやないの、ダメ亭主……。

幸せな気分に浸《ひた》っていると、おい、と呼ばれた。きつく眉を寄せた南がにらんでくる。

「ぼうっとしてんなよ、おまえの洗濯機なんだからちゃんと話聞け」

南の言葉に、男性店員が目を丸くした。この人じゃなくてこっちの人が買うの？　うわ、俺間違えてたよ。——心の声が聞こえてきそうだ。

どっちみち南の服も洗うんやから、完全には間違《まちご》てませんよー。

こちらも心の内だけで店員に話しかけた北條は、緩んだ頬をそのままに南の隣に並んだ。

「南がええと思たやつにするわ」

「何だそりゃ、自分で決めろ。後であっちのがよかったとか文句言われたら迷惑なんだよ」

「そんなん言わへんよ。ほんまに俺、どれでもええし。南はどれが気に入った？」

見下ろすと、南はうーんとうなった。

「俺だったら、これか、これだな」

両方ともドラム式の洗濯機だ。サイズと値段も同じぐらいである。正直、北條の目にはどちらもそれほど変わらないように思える。

北條は眼鏡をかけ直しつつ、再びちらと南を見下ろした。

彼のキラキラの瞳は、明らかに右側の洗濯機に向けられている。

「俺、これにするわ」

右側の洗濯機に手を置くと、南は瞬《まばた》きをした。

「いいのか？　それで」

「うん。これ、普通に洗濯できますよね」

ぽかんとしてやりとりを見ていた店員に尋ねる。

我に返った彼は、慌てて頷いた。

「はい、もちろん！　こちらの商品でしたら在庫がございますので、本日中にお届けできます」

「そしたらこれにします」

頷いてみせると、ありがとうございます！　と店員は頭を下げた。どうぞこちらへ、とレジの方へ案内される。

歩き出すと同時に、上着の袖《そで》を引かれた。

うん？　と見下ろした先にあった端整な面立ちには、困惑の表情が映っていた。

「そんな簡単に決めていいのかよ」

「ええよ〜。南、あの洗濯機気に入ったんやろ」

「俺が気に入ったってしょうがないだろ。おまえのなんだから」

「俺はほんまにどれでもよかったから、南が気に入ったやつでええよ」

「でも……」

「そない気になるんやったら、うちに引っ越してきたらええやんか。そんで一緒に使お」

ほとんど冗談、ほんの少しだけ本気で言ってみる。

すると、南はぴたりと口を噤《つぐ》んでしまった。

あ、やっぱりこの話題はあかんかったか。

付き合って三ヵ月ほど経った頃、一緒に暮らそうと提案した。が、嫌だ、とけんもほろろに拒絶された。南いわく、そんなことしたらおまえ、やりまくるだろうが。

……うん、まあ、南の言うた通り、あの時点で一緒に住んでたらやりまくってた。

なにしろ当時は、体を重ねる度《たび》にいやらしさを増す恋人の体に夢中だったからだ。

夢中になっているのは今も変わらないが、焦《あせ》りのような感情はなくなったと思う。かつては少しでも時間があれば、とにかく体をつなげたかったけれど、今はできる限り時間をかけて、南の体の隅々まで丁寧に愛したい。そして、二つの体がひとつに溶け合ってしまうような深くて甘い快楽を一緒に味わいたい。そんな風に思うのは、南に愛されているという確信が自分の中に根付いてきたからだ。

この違い、南はわかってくれるやろか。

先ほどから黙ったままの南を、北條は横目で見遣《みや》った。どう言って断ろうかと考えているのか、難しい顔をしている。

わかってくれへんやろな……。

わかってもらえなくても、自分が時と場所を選ばずに南をほしがった結果だから、どうしようもない。

ため息を落としかけたそのとき、ん、とふいに南が頷いた。

「じゃあ引っ越す」

「ええっ！」

あっさり投げ出された承諾の返事に、思わず大きな声を出してしまう。レジまで残り数メートルのところで足も止まってしまった。

「何だよ。そんな驚くようなことか？」

不満げににらまれ、北條はくわっと目を見開いた。

「そらびっくりするわ！　前に一緒に住もて言うたときは嫌やて即答したやんか！」

「あれはおまえがやたらギラギラしてたのが悪いんだろ。最近やっと落ち着いてきたみたいだし、まあいいかなって」

照れ隠しなのだろう、南はふいと視線をそらす。

うっすら上気した形の良い耳を、北條は言葉もなく見つめた。

——ああ、南はわかってくれてたんや。

北條の気持ちの変化を、ちゃんと汲《く》んでくれていた。その上で、一緒に住むと言ってくれた。

じわ、と心の奥が熱くなる。次の瞬間、その熱はあっという間に全身に飛び火した。

叫び出したいような歓喜と激しい情欲の波に揉《も》まれながら、南、と呼ぶ。

「配達、土曜日にしてもらうわ」

できる限り平静を装《よそお》って言うと、南は訝《いぶか》しげにこちらを見上げた。

「何で。今日配達してくれるって言ってんだから今日でいいじゃん。だいたい、土曜まで洗濯機なかったら不便だろ」

「近くにコインランドリーあるから大丈夫」

「だから。今日配達してもらったら、コインランドリーなんか使わなくてもいいだろうって」

「今日はあかん。めっちゃ忙しい」

「はあ？　忙しくないだろ、もう帰るだけなんだから」

「今急に忙しいなってん。さ、ちゃっちゃと予約してちゃっちゃと帰るで」

有無《うむ》を言わさず南の腕をつかんで歩き出す。

おいコラ、ちょっと待て、と文句が飛んできたが、北條は立ち止まらなかった。

宣言通り、購入した洗濯機を土曜日に配達してもらうことにした北條は、わけがわからんという顔をしたままの南を助手席に乗せ、自宅マンションへ車を飛ばした。ぐいぐいと南の手を引いて向かったのは寝室だ。

さすがに北條の意図《いと》に気付いたらしく、南は寝室のドアの手前で足を踏ん張り、動かなくなってしまった。

「昼間っから何考えてんだ！　放せ！」

「嫌〜」

「嫌なのはこっちだ！　昨夜散々《さんざん》やっただろうが！」

「昨夜は昨夜〜、今日は今日〜。俺は〜、過去を振り返らへん男〜」

「何だその演歌調、ムカつく！　おまえがそんなだったら同居の話はなしだ！」

顔を真っ赤《まか》にして喚《わめ》きつつ、南は鋭《するど》い蹴りをくり出してくる。

既《すんで》のところでかわした北條は、つかんだままでいた南の腕を強く引いた。わっと声をあげて腕の中に倒れ込んできた恋人を、しっかりと受け止める。

「北條！」

「あんな、南。南が一緒に暮らしてくれるて言うてくれたことも嬉しかってんけど、それ以上に、南がちゃんと俺のこと見ててくれたてわかって、めっちゃ嬉しかったんや」

心の内をそのまま打ち明けると、南は暴れるのをやめた。

「俺が何を見てたって……」

「俺が落ち着いてきたこと」

「だったら俺の目はフシアナだったたってことだな。昼間からサカるなんて、全然落ち着いてねえじゃん」

「サカってるわけやないよ。あんまり嬉しいて南を好きな気持ちがこう、ぐわーっ！　ときて。南にいっぱい触りたなっただけ」

「それをサカってるって言うんだ、バカ」

ぼす、と脇腹《わきばら》に拳《こぶし》を入れられた。が、少しも痛くない。

また許してくれようとしてる。

痛いような愛《いと》しさに胸が疼《うず》いて、北條は抱きしめる腕に力をこめた。わずかに首を傾け、赤く染まった耳に直接囁く。

「な、南。触らして」

一瞬、南が息をつめた気配がした。やがて大きなため息の音が聞こえてくる。

「一回だけだぞ」

ぶっきらぼうに発せられた言葉を耳に入れると同時に、北條は腕の中の体を寝室に引きずり込んだ。その勢いのままベッドに押し倒す。

「ちょ、北條！　一回だけ」

だからな！　と続けようとした唇をキスで遮《さえぎ》る。すかさず舌を差し込み、温かく濡れた口腔《こうこう》を舐《な》めまわす。逃げる舌を追いかけて絡《から》ませると、南は喉《のど》の奥から甘い声を漏らし、観念したように首筋に腕をまわしてきた。

昨夜もたっぷり味わった恋人の味に、全身が燃えるように熱くなる。

ごめん、南。たぶん一回だけでは止まらへん。

昨夜、北條を受け入れて甘やかした場所は、まだ柔らかかった。

解《ほぐ》さなくても入りそうだったが、敢《あ》えて挿入はせずに大きく脚を開かせ、指で愛撫する。

「は、あ」

色を帯《お》びた声をあげた南は、緩く首を振った。彼が痛みではなく快感に襲われていることは、スラリと伸びた脚の中心で立ち上がった劣情《れつじょう》が教えてくれる。

三本の指を根本まで飲み込んだ内側も、艶めかしく収縮をくり返していた。指を動かす度、たっぷり注《そそ》いだローションが淫靡《いんぴ》な水音をたてる。北條の耳にはそれが、早くほしいと啼いているように聞こえた。

「気持ちええか？」

眼鏡をはずした目で見ても、至近距離にいる南が感じていることはわかる。それでもわざわざ尋ねたのは、気持ちがいいと言わせたかったからだ。

愛撫を続けつつ返事を待っていると、南はうっすらと目を開けた。

情欲に蕩けきったこげ茶色の双眸に見上げられ、思わず喉が鳴る。

「ん……、い、から、前も」

強請《ねだ》られるまま、雫《しずく》をこぼしている南の劣情に指をからめる。

「あっ、あ」

たちまち嬌声があがり、南は背を反《そ》らした。指を含ませた後ろが、きつく締めつけてくる。

汗に濡れ、ほんのりと上気した白い肌は、昨夜、北條がつけた赤を残したままだ。硬く尖《とが》った胸の突起《とっき》が常より腫《は》れているのは、こちらも昨夜、北條が好き勝手弄《いじ》ったせいだろう。濃厚《のうこう》な情事の跡を刻《きざ》んだ体が快感に悶《もだ》える様《さま》は、これ以上ないほど色っぽい。

頭の天から足指の先まで痺《しび》れさせるような、強烈な歓喜と情欲が湧き上がってくる。

こういう南を知ってるんは俺だけや。

毎回毎回俺が気絶するまでやるな、ヘンタイ！　普通、気絶なんかさせねぇだろうが。俺はさせたことないぞ！

感じすぎることへの照れ隠しだったのか、体をつなぐようになってしばらくして、南はそう文句を言った。要するに南は、今までのセックスでは、こんなに乱れたことはなかったということだ。

「北條、北條」

限界が近いのだろう、南がすすり泣くように呼ぶ。俺にはおまえしかいないのだとでも言うようにくり返し名を呼ばれるのが、北條はたまらなく好きだ。

「一回いこか」

こくこくと頷く仕種《しぐさ》に愛しさを感じながら、前と後ろに強い刺激を与えてやる。

刹那《せつな》、南は悲鳴のような嬌声《きょうせい》をあげて達した。

滑らかな腹や胸に飛び散る欲の証《あかし》。苦しげに眉を寄せているのに、恍惚《こうこつ》として見える表情。半開きの唇から覗く赤い舌。——目に毒なほど官能的な南を見つめる北條の息も、いつのまにか上がっていた。南の嬌態を見ていただけなのに、腰に重みを感じるほど熱が溜まっている。

この調子では一度で済みそうにない。

俺はやっぱりちょっとヘンタイかも、と思う。

同時に、ヘンタイ上等、とも思う。

なにしろ相手は長い間焦《こ》がれ続けて、やっと手に入れた恋人だ。しかも体の相性がいいときた。ヘンタイにもなろうというものである。

「ごめんな、南」

「何が……？」

ぼんやり尋ねてきた南に、ごめんともう一度謝って、北條は三本の指を全て引き抜いた。

掠《かす》れた声があがり、南の体が敏感に跳ねる。

高ぶった己《おのれ》に手早くゴムをつけていると、北條、と呼ばれた。

「何で、ん、謝ったんだ……」

「それは、これからわかる」

「んだよ、それ……、あ」

南が眉をひそめたのは恐らく、謝った理由を話さなかったせいではない。赤い舌でしきりに唇を舐めるのも、濡れた唇から小さな嬌声を漏らし続けているのも、つま先でシーツをかき乱しているのも、ただひとつの欲求の表れだ。

南も俺がほしいんや。

意地っ張りな恋人に求められることに、ひどく興奮しているのを感じながら、北條は南に覆《おお》いかぶさった。南が待ちかねていたように艶《つや》やかな吐息を落とす。

我知らず頬を緩めた北條は、力を込めて彼の体を抱き起こした。

「ちょ、おまえ……、何す」

抗議の声をあげつつも、南は体勢を維持しようとしがみついてくる。

望み通りの反応に、北條は熱い吐息を吐いた。向かい合わせの体勢を選んだのは、こうして抱きついてもらえるからだ。

もっともっと、俺にすがりついてくれ、南。

「そのまま、抱きついといてな」

できる限り優しく言って、北條は手を下ろした。小ぶりの双《ふた》つの丘を割り広げ、谷間に猛《たけ》った己のものをあてがう。

びく、と南の体が反応したのを確かめてから、少しずつ腕の力を抜いた。

「やっ、あぁ……!」

南は感じたままの声をあげ、重力に従《したが》って北條を身の内に収めてゆく。

押し寄せてくる熱い肉を開いてゆく感覚に、北條も喉を鳴らした。大学生の頃、南を忘れるために何人かと寝たけれど、こんな目のまわるような快感を味わったことは一度もない。へたをするとすぐにでも達してしまいそうで、きつく歯を食いしばる。

全てを飲み込んだ南は、いっそう強い力でしがみついてきた。

「あ、苦し……」

「苦しいだけと、ちゃうやろ」

北條の腹には、再び力を取り戻した南の劣情が当たっている。感じている証拠だ。

「な、南……、自分で、動いてみ」

「や、嫌だ」

「動かんと、このままやで」

つながった場所を思わせぶりに撫でると、南はむずかるように腰を揺らした。

その動作で、北條の腹に擦《こす》りつけられた前にも快感が生まれたようだ。ゆっくりとだが、自《みずか》ら動き始める。

「あ……、あっ、あ」

ひきしまった腰が淫《みだ》らにくねる度、粘着質《ねんちゃくしつ》な水音があふれ出た。が、すぐに緩やかな刺激だけでは満足できなくなったらしい。北條の首筋にまわした腕に力を込め、上下に腰を振り始める。感じるところを意識しながら浮かして沈める動きは、ぎこちないくせに、いや、ぎこちないからこそ扇情的《せんじょうてき》だ。

「あ、ん、北條」

色めいた涙声で呼ばれて、いとも簡単に箍《たが》がはずれた。

「南……!」

南の腰を強い力で抱《かか》え、思う様突き上げる。

ほどなくして二人同時に迎えた絶頂は、身も心も蕩けてなくなるほどの快感と幸福感をもたらしてくれた。

「ヘンタイ、嘘つき、卑怯者、絶倫《ぜつりん》、バカ、アホ、ボケ、ヘンタイ、ヘンタイ、ヘンタイ」

悪口のバリエーションが尽きたらしく、南はヘンタイを連呼《れんこ》した。

甘んじてそれを受け止めながら、ベッドにうつ伏せた恋人の背中を、マッサージの意味も込めて撫でる。南が抵抗しないのは疲労困憊《こんぱい》しているからだ。

対面で達した後、押し倒してもう一度した。今度は時間をかけてじっくり抱くと、南は乱れに乱れ、意識を飛ばした。事後、力の抜けきった南の体を拭《ふ》き清《きよ》めて衣服を着せるのは、この上なく楽しい作業だった。

「一回だけって言っただろうが」

不機嫌な声は、情事の余韻《よいん》に掠れていて色っぽい。性懲《しょうこ》りもなく頬が緩む。

「一回目の途中で謝ったやろ」

「ああ？　謝ったから何だよ」

「あれは一回では済まんからごめんっていう意味やってん」

「だったらちゃんとそう言え！　……ってぇ」

腰に響いたらしく、南が低くうめいた。

「大声出すからやで」

「うるせぇ。おまえにだけは注意されたくない」

素っ気なく言ったきり、むっつりと黙り込んでしまう。

北條にしてみれば、本当はもう一回したかったところを抑《おさ》えたのだから、よく我慢できたと自分を褒《ほ》めてやりたいぐらいだ。しかしそのことを告げようものなら、まだやるつもりだったのか！　と南は列火《れっか》の如《ごと》く怒るだろう。

同居の話はなしかも……。

身も心も満たされた一方で、悲しいような情けないような気分になりながら南の背中を摩《さす》り続けていると、ため息の音が聞こえてきた。

「おまえさあ、一緒に住むとか俺がおまえを見てたってだけで、そんなテンション上げんなよ」

「えー、けどほんまにめちゃめちゃ嬉しかったから」

本当のことを言っただけだったが、はあ、と南はまたため息を落とした。

「おまえは俺を何だと思ってんだ。付き合ってんだから、一緒にいたいって思うのも見てるのも当たり前のことだろ」

心底あきれた、という口調に、思わず手が止まった。

今、物凄《ものすご》い嬉しいことを言われたような……。

「おいコラ、休んでんじゃねぇよ。もっと摩れ、て、うわ！」

肩越しにこちらをにらんできた南に、我慢できずに抱きつく。

「退《ど》け、北條。重い！」

「南、好きや。めっちゃ好き」

たまらない愛しさに突き動かされ、北條は背中から抱きしめた恋人に囁いた。

あー、もー、と南は苦笑する。

「何でまたテンション上げてんだよ、ほんとめんどくせぇ奴だな。おまえが俺を好きなのはよくわかってるから、さっさと背中を摩れ」

「南～！」

「だからいちいちテンション上げんなって言ってんだろ！」

きつめに頭を叩かれたが、少しも痛くなかった。

俺はほんまに南に愛されてるんや。

全身が震えるほどの幸福感に包まれながら、北條は愛しの恋人の背中を撫で摩るべく、勢いよく体を起こした。

あとがき

久我有加

お楽しみいただけましたでしょうか。

お楽しみいただけたなら、幸いです。

まだ「ツンデレ」という言葉が存在しなかったデビュー前のこと。当時は読むのも書くのも、ツンデレ受が大好きでした。

それなのにいつのまにか、ツンデレは攻に限るのう、と思うようになったのです。

年月と共にモエが変わってきているとはいえ、もしかすると三度の飯《めし》より好きだったかもしれない（……）ツンデレ受モエが、完全になくなってしまったなんてことはあるまい。

薄れつつあるツンデレ受モエを今再び！　という熱い想いを胸に生まれたのが本作です。

書いてみて、ツンデレ受が好きだと改めて認識しました。

文庫のあとがきや雑誌のコメントで、その時々のモエを書かせていただいていますが、もちろん昔から変わらないモエもあります。

私にとっての不動のモエ。それは普通モエです。言葉を変えれば日常モエ。だから日常の地味な話ばかり書いてしまうのですな……。

唯一《ゆいいつ》の例外が時代ものです。その時代基準の「普通」がわからないせいか、現代ものよりモエ幅が広くなるようです。


最後になりましたが、お世話になった皆様方に感謝申し上げます。

編集部の皆様はじめ、本書に携《たずさ》わってくださった全ての皆様。ありがとうございます。特に担当様にはお世話になりました。これからもがんばりますので、よろしくお願いいたします。

橋本《はしもと》あおい先生。お忙しい中、挿絵《さしえ》を引き受けてくださり、ありがとうございました。素敵なイラストを描いていただけて、本当に嬉しかったです。男前な北條《ほうじょう》と、きれいでかっこいい広記《ひろき》にめろめろになりました。

支えてくれた家族。いろいろすんません。ありがとう。

そして、この本を手にとってくださった皆様。心より感謝申し上げます。貴重なお時間をさいて読んでくださり、ありがとうございました。もしよろしければ、一言だけでもご感想をちょうだいできると嬉しいです。


それでは皆様、お元気で。

二〇一〇年七月　久我有加

普通ぐらいに愛してる《ふつうぐらいにあいしてる》

この本を読んでのご意見、ご感想などをお寄せください。
久我有加先生・橋本あおい先生へのはげましのおたよりもお待ちしております。
〒113-0024　東京都文京区西片2-19-18　新書館
[編集部へのご意見・ご感想] ディアプラス編集部「普通ぐらいに愛してる」係
[先生方へのおたより] ディアプラス編集部気付　○○先生

初　出
普通ぐらいに愛してる：小説DEAR＋09年ハル号（Vol.33）
誰より何より愛してる：小説DEAR＋09年ナツ号（Vol.34）
君だけを愛してる：書き下ろし

新書館ディアプラス文庫

著者：**久我有加 [くが・ありか]**
初版発行：**2010年 8月25日**

発行所：**株式会社新書館**
[編集] 〒113-0024　東京都文京区西片 2-19-18　電話(03)3811-2631
[営業] 〒174-0043　東京都板橋区坂下 1-22-14　電話(03)5970-3840
[URL] http://www.shinshokan.co.jp/
印刷・製本：**図書印刷株式会社**

定価はカバーに表示してあります。乱丁・落丁本はお取替えいたします。
ISBN978-4-403-52248-2

＜ディアプラス小説大賞＞

募集中！

トップ賞は必ず掲載!!

賞と賞金

大賞・30万円
佳作・10万円

内容

ボーイズラブをテーマとした、ストーリー中心のエンターテインメント小説。ただし、商業誌未発表の作品に限ります。

・第四次選考通過以上の希望者には批評文をお送りしています。詳しくは発表号をご覧ください。なお応募作品の出版権、上映などの諸権利が生じた場合その優先権は新書館が所持いたします。
・応募封筒の裏に、**【タイトル、ページ数、ペンネーム、住所、氏名、年齢、性別、電話番号、作品のテーマ、投稿歴、好きな作家、学校名または勤務先】**を明記した紙を貼って送ってください。

ページ数

400字詰め原稿用紙100枚以内（鉛筆書きは不可）。ワープロ原稿の場合は一枚20字×20行のタテ書きでお願いします。原稿にはノンブル（通し番号）をふり、右上をひもなどでとじてください。なお原稿には作品のあらすじを400字以内で必ず添付してください。

小説の応募作品は返却いたしません。必要な方はコピーをとってください。

しめきり

年2回　1月31日/7月31日（必着）

発表

1月31日締切分…小説ディアプラス・ナツ号（6月20日発売）誌上
7月31日締切分…小説ディアプラス・フユ号（12月20日発売）誌上
※各回のトップ賞作品は、発表号の翌号の小説ディアプラスに必ず掲載いたします。

あて先

〒113-0024　東京都文京区西片2-19-18
株式会社 新書館
ディアプラス チャレンジスクール〈小説部門〉係